collection

cascade

Du même auteur :

Cascade
Le prince d'ébène
Le secret des sept chevaucheurs

Heure noire
Assassinat rue Morskaïa
Croisière en meurtre majeur
La sorcière de midi

MICHEL HONAKER

ERWAN LE MAUDIT

COUVERTURE DE
ERWANN SURCOUF

RAGEOT • ÉDITEUR

Collection dirigée par Caroline Westberg

ISBN 2-7002-3186-4
ISSN 1142-8252

LE PHARE SQUELETTE

Dans le sud de l'Irlande, 1792.

Le tonnerre ébranla les collines. Un éclair échevelé griffa l'obscurité, et le manoir blême apparut, furoncle de pierre enfoncé dans la vase du marais. Ses murailles déchiquetées semblaient vouloir monter à l'assaut du ciel en furie. Tout autour, les arbres calcinés frémirent. Un vent chargé de miasmes passa, emportant des gémissements venus du plus profond de la terre.

Bravant l'orage, Erwan déploya ses longues ailes ténébreuses, aux extrémités acérées. Il survola les fondrières clapotantes, déchira le brouillard et tournoya au-dessus de l'infâme demeure. Le son d'une valse monta jusqu'à lui, tel un écho arraché à un passé révolu. Il entendit les rires et les danses, et se sentit gagné par l'envie de participer lui aussi à la fête. N'y avait-il donc aucun passage, aucune faille vers ce bal joyeux ?

Comme Erwan rasait la crête de la tour, il perçut le grondement sourd, pachydermique, d'une masse en mouvement et ne put s'empêcher de frissonner. La Présence. Encore. Erwan scruta les alentours de ce regard qui savait s'étendre au loin, plus perçant que celui de ses yeux, et qui défiait la nuit. Mais la Présence, repliée au sein des décombres, tel un gigantesque serpent immobile, restait hors de sa portée.

Erwan se posa sur les créneaux. À peine eut-il touché le sol que l'air vibra d'un pizzicato[1] feutré. Une nuée de corbeaux descendit des nuages tel un oriflamme d'encre et vint l'encercler. Erwan tendit son bras, et le plus grand des volatiles, le plus noir aussi, vint s'y percher avec confiance. Le garçon cajola le Maître Corbeau et l'appela par mille noms divers. Puis, dans cette langue inconnue qui était sienne en ce royaume, il le renvoya vers les hauteurs, où le reste de la bande se noya avec lui.

Erwan baissa les yeux et chercha à ses pieds dans les entrailles du manoir la provenance des bruits de fête. Il aurait voulu descendre plus bas, assouvir sa curiosité… La Présence ne l'en aurait pas empêché. Mieux, elle semblait l'y inviter. C'est ce qui le faisait reculer. Une clarté incertaine s'infiltra derrière les nuages. Erwan sentit ses forces faiblir. Ses ailes se firent plus pesantes. L'heure du retour était proche. Mais il ne voulait pas partir. Encore, encore une dernière fois…

1. Manière de jouer d'un instrument en pinçant les cordes, sans les faire vibrer avec l'archet.

L'espace d'un instant, la pénombre se déchira. Il distingua une perspective de bas-reliefs colossaux et effrayants, des lustres, des gens en habit de soirée et au-delà, rien qu'une seconde... il LE vit. Le choc fut si fort qu'il poussa un cri. Il vacilla et tomba dans le vide.

– Non ! s'écria Erwan en battant désespérément des ailes.

Et il s'éveilla d'un coup.

Le vent s'était levé, humide, pénétrant. La lande résonnait de sa plainte monocorde. Sauf à l'intérieur du cromlech. Erwan avait noté le phénomène à plusieurs reprises. Ni le vent, ni la pluie, ni rien de vivant hormis lui-même ne pénétraient jamais à l'intérieur du cercle de monolithes gris et imperturbables. Ici régnait le calme. Ici régnait le Rêve.

Le Rêve. Ainsi l'appelait-il, à défaut de lui trouver un autre nom. Le Rêve avait fait irruption dans sa vie peu après son quatorzième anniversaire. Toujours le même, à quelques détails près. Simultanément, d'autres phénomènes s'étaient produits. Venus du fin fond des océans, une bande de corbeaux s'était installée sur la lande, noirs et silencieux, au bec en forme de dague, aux yeux ronds et fixes. Ils avaient atterri près du marais au lendemain d'une tempête, écharpe de nuit flottant dans le ciel pastel d'Irlande. Mais surtout, Erwan avait remarqué que ses pouvoirs s'étaient accrus. Il ignorait pourquoi. Cependant ce changement subtil ne lui avait pas échappé. À présent, il cernait mieux leur étendue et maîtrisait davantage leurs conséquences. Disait-il : « Orage, repars ! » ou « Feu, retourne en terre », que les éléments obéissaient aussitôt.

Le jeune homme bondit sur ses pieds. Quelque part, le croassement lugubre d'un corbeau troubla le silence. Le crépuscule ombrait déjà les alentours. Il fallait rentrer. L'Oncle ignorait qu'il vagabondait ainsi sur la lande durant son absence. Erwan regarda ses mains, si longues, si fines, aux ongles noirs. Ses ailes avaient disparu. Elles lui manquaient, comme lui manquait l'ivresse des hauteurs et des éléments déchaînés. Pourquoi ne volait-il que dans le Rêve ?

Quand il tentait de parler de tout cela à l'Oncle, celui-ci ne répondait que par de vagues explications ou de simples : « Hum ! Oui. Hum ! ». Lui, le savant, s'efforçait de trouver des raisons logiques à toute chose. Il lui répétait à l'envi qu'il n'était qu'un jeune homme ordinaire, long et frêle, à la peau trop blanche, certes, mais qu'il n'avait rien de particulier et ressemblait à tous les autres garçons de son âge… Sous ses airs rassurants, Erwan devinait pourtant son embarras. S'il n'était pas si différent, pourquoi n'allait-il pas au collège ?

Pourquoi la plupart du temps était-il confiné dans la vieille tour qui leur servait de logis ? Pourquoi n'avait-il jamais le droit de se rendre en ville et de rencontrer des gens ?

À tout cela, l'Oncle n'opposait que des soupirs à la fois agacés et tristes. L'Oncle l'aimait. Il n'avait pas un caractère facile, et sa sévérité déroutait Erwan. Mais nul doute qu'il n'agissait que pour le protéger du monde extérieur. Seulement Erwan grandissait. Il comprenait les choses et les désirs commençaient à se faire jour en lui. Désirs de liberté, d'aventure, désir de vie, tout simplement.

À mesure que le temps passait, Erwan sentait que son existence, délimitée par les falaises d'un côté, par la grand-route de l'autre, n'était qu'un vide absolu. Il rêvait de pays lointains, de villes animées, de voyages inouïs. Il doutait de réaliser ces chimères, tant les jours se répétaient à l'identique. Devrait-il vivre toujours cloîtré ?

Erwan sortit du cromlech et le vent aussitôt souleva son long manteau rapiécé qui lui traînait jusqu'aux chevilles. Lentement, il prit le chemin du retour. En contrebas, le Phare Squelette apparut. Les gens du pays le désignaient ainsi, avec un rien de crainte, car il était tordu et crayeux comme un os. Adossé au précipice, le moindre coup de vent semblait devoir le jeter dans le ressac. Pourtant, il était toujours debout.

Erwan se rappelait la nuit de son arrivée. Il était bien jeune alors et la barbe de l'Oncle était encore noire. Pourtant, il avait conservé des images précises de la longue traversée en mer, du débarquement, des visages hostiles qui les avaient accueillis à Warglen. Et aussi des paroles de l'Oncle alors qu'ils découvraient pour la première fois cette ruine solitaire :

– Ce sera notre chez-nous, Erwan. Personne n'aura l'idée de venir nous chercher ici... Je t'enseignerai à lire et écrire. Et je ferai de toi un être de bien.

Un être de bien. Cette expression étrange résonnait encore à son oreille. L'Oncle ne l'avait plus jamais utilisée par la suite. Le « cataclop » lointain d'un cheval tira Erwan de ses pensées. Son premier réflexe fut de courir se cacher. L'Oncle lui recommandait d'éviter tout contact avec la population locale. Mais il reconnut le parfum qui précédait la jeune cavalière et grimpa sur la dune afin de se faire voir. C'était bien Maureen. Elle se trouvait encore à un demi-mile au moins et venait dans sa direction. Quelle urgence pouvait donc la pousser à aller ainsi au grand galop ?

Quand elle ne fut plus qu'à quelques yards, Erwan eut un geste de recul. Elle lui fit un signe.

– Attends ! Erwan, ne pars pas !

Erwan était farouche et n'arrivait pas toujours à dominer sa peur des autres. Et puis il n'avait pas la parole facile. S'il voulait lier conversation, les mots s'emmêlaient dans sa bouche. Plus d'une fois il avait tenté d'approcher les jeunes gens de son âge qui passaient sur la route, malgré l'interdiction de l'Oncle. Cela ne lui avait rapporté que des moqueries et des jets de pierres. Quant aux adultes, c'était pire ! Sitôt qu'ils l'apercevaient, ils se signaient et s'empressaient de tourner les talons !

Avec Maureen, les choses étaient différentes. Il ne savait presque rien d'elle, sinon qu'elle était la fille du landlord et vivait dans une grande et magnifique demeure à la sortie de Warglen. Erwan ignorait ce qu'était un landlord et n'imaginait même pas qu'il pût être un personnage important. Maureen lui avait dit un jour que son père possédait toutes les terres, à perte de vue, mais il ne l'avait pas crue. Sur la lande, Erwan n'avait jamais senti d'autre pouvoir que le sien.

Pour lui, Maureen était une fille comme les autres, ou disons, juste un peu plus belle que les autres. Elle était grande, élancée, et ses longs cheveux couleur de miel dansaient sur ses épaules à chacun de ses mouvements. Il aimait lire dans ses yeux clairs et transparents comme une source. Il n'y avait pas d'ombres chez Maureen. Elle était un livre ouvert.

Ils s'étaient rencontrés quelques semaines plus tôt, par hasard. Erwan rôdait sur la lande, comme à son habitude dès que l'Oncle partait. Il avait découvert un cheval allant seul et boitant. Sans peine, il avait calmé la bête frissonnante et, apposant ses mains sur le paturon endolori, avait promptement fait disparaître l'entorse. Il soignait ainsi couramment les animaux qu'il trouvait. Ses pouvoirs, c'était aussi cela.

Maureen avait soudain émergé des dunes, ses beaux habits de cavalière en désordre, son chapeau de travers, à la fois furieuse et pitoyable. Erwan se serait volontiers enfui, mais quelque chose l'avait retenu, un sentiment de curiosité inconnu jusqu'ici. Devant la guérison miraculeuse, la jeune fille avait bien vite oublié son postérieur endolori. Elle avait entouré l'encolure de sa monture de ses bras et pleuré silencieusement. Erwan avait observé la chose avec intérêt. Il n'avait jamais vu d'eau dans les yeux. Les siens en étaient dépourvus. Maureen lui avait dit son nom et aussi merci un grand nombre de fois. Elle lui avait promis de le revoir. Depuis, ils se rencontraient de temps à autre, au hasard de leurs promenades respectives. Ils avaient fini par se lier d'amitié.

Erwan flatta la jument grise, qui hennit d'aise.

– On… on dirait… qu'elle est complètement remise ! Sa… sa patte, je veux di-dire.

– Un vrai miracle, Erwan, répondit l'adolescente. J'ai bien cru qu'elle était condamnée. Je n'aurais pas supporté qu'on l'abatte. Es-tu seul ?

– On-oncle est parti. Il va revenir… avant la nuit.

– Écoute, j'ai absolument besoin de ton aide. Je ne sais comment t'expliquer. À dire vrai… tu… tu pourrais très bien refuser et je comprendrais…

Erwan nota qu'elle se mettait à bredouiller elle aussi. Elle était plus pâle qu'à l'ordinaire. Elle semblait rongée par un souci.

– Explique-moi. Un che-cheval malade ?

– Non. Pas un cheval. Il s'agit de Davy. Il a la fièvre.

– Davy…

Erwan connaissait son frère de vue. C'était un petit bonhomme de six ou sept ans, avec une drôle de frimousse piquée de taches de rousseur et des cheveux couleur carotte.

– Nous ne savons que faire, poursuivit Maureen. Le docteur Bishop n'arrive à rien. Il lui donne des potions, lui fait des saignées et il va de plus en plus mal. J'ai si peur…

Erwan fronça les sourcils. Il surveillait souvent les allées et venues du docteur Bishop. Il n'éprouvait aucune sympathie pour lui.

– J'aimerais que tu voies Davy. Je suis certaine que tu pourrais le guérir.

– Je-je… n'ai p-pas le droit d'aller si loin. Et puis on-on ne me laissera pas entrer chez toi.

– Tu viendras à la nuit tombée et personne n'en saura rien. Je t'ouvrirai.

– Maureen, je ne suis pas do-docteur…

– Mais tu as guéri ma jument, et aussi des chiens errants… N'est-ce pas ce que tu m'as raconté ?

– Oui, mais ce sont des a-animaux, pas des êtres humains.

– Ce n'est pas différent ! Tu as un don, Erwan. Je t'en prie. Je sais que tu peux guérir mon frère. Promets-moi que tu viendras, que tu essaieras…

– Cette nuit ?

Elle se baissa vers le jeune homme et effleura sa joue d'un baiser plein de reconnaissance. Puis elle fit volter sa monture et s'en retourna aussi vite qu'elle était arrivée, laissant Erwan à sa stupeur. Personne ne l'avait jamais embrassé. L'Oncle n'était pas de ceux qui se livrent à ce genre d'effusions. De ce jour, Erwan conçut une profonde reconnaissance à l'égard de Maureen. Et aussi quelque chose d'autre de plus mystérieux, de plus secret, qu'il ne sut là encore nommer.

L'Oncle tardait à rentrer. Déjà les nuages moroses s'estompaient dans le crépuscule. Le vent du large soufflait maintenant en rafales humides. Erwan allait et venait dans le phare tel un lion en cage. Sa nervosité grandissait à mesure que l'orage approchait. C'était chaque fois la même chose. Quand l'air se chargeait d'électricité, il se sentait pris d'une sorte de fièvre. Ses pouvoirs bouillonnaient en lui comme de la lave en fusion.

Soudain, la porte du bas se referma avec un raclement sourd. Erwan dévala l'escalier. Il trouva l'Oncle dans le salon, qui se réchauffait les mains devant la cheminée. Sa joie retomba. L'Oncle était de mauvaise humeur. Erwan pouvait sentir cela. Théophylus Korvander imposait le respect : ses larges épaules à peine voûtées par l'âge, sa barbe sévère et son regard glacé n'incitaient pas à la familiarité. Par le passé, il avait dû occuper des fonctions plus hautes que ce simple poste de bibliothécaire qui subvenait à leurs besoins. Sa vaste érudition lui aurait sans doute permis de briguer une chaire à l'université de Dublin ou de Londres. Mais il se contentait de vivre ici, sur cette côte désolée. Sur les raisons qui le poussaient à négliger la notoriété et les agréments d'une vie mondaine, il ne se montrait jamais très disert.

– Il est bien tard, Oncle…

Théophylus tressaillit.

– Combien de fois t'ai-je demandé de t'annoncer en entrant dans une pièce ?

– Pardonnez-moi.

L'Oncle hocha la tête.

– Tu te déplaces si silencieusement… Un vrai courant d'air. Apprends à ne pas surprendre les gens, je te l'ai dit cent fois.

– Oui, Oncle.

Il paraissait si tendu… Quelque chose avait dû se passer. Il se servit un verre de brandy et Erwan remarqua que sa main tremblait. Au-dehors, un coup de tonnerre éclata. L'Oncle renversa un peu de liqueur sur le napperon et lança une imprécation.

– Vous êtes rentré bien tard, insista le garçon.

– Un travail de dernière minute. Toujours la même chose. Et toi ? Tu ne t'es pas trop ennuyé ? Tu as étudié ? J'espère que tu n'es pas allé sur la lande.

– Non...

– Oh, je ne suis pas dupe. Je sais bien que tu me désobéis dès que j'ai le dos tourné.

– Je ne m'éloigne jamais, ainsi que vous me l'avez recommandé.

– Bien. Il le faut. C'est important, vois-tu ? Quel fichu temps ! Une tempête se prépare. Les gens disent que c'est à cause du navire aux voiles rouges qui a longé la côte voici trois jours. Quelle bande d'idiots superstitieux !

Il se servit un autre verre et l'avala d'un trait. Il n'était guère dans ses habitudes de boire autant.

– Le vent cessera à l'aube, prédit Erwan.

Le professeur le considéra avec étonnement.

– Vraiment ? Et comment le sais-tu ?

Le jeune homme se contenta de hausser les épaules. À son tour, il s'approcha de la cheminée. Il étendit ses mains blanches au-dessus de l'âtre. À peine s'il sentit la morsure des flammes.

– Quel drôle de gamin tu fais, lança l'Oncle. Pourquoi ne quittes-tu jamais cet odieux manteau ?

– J'ai froid, répondit seulement Erwan. J'ai toujours froid.

Théophylus scruta son neveu, cherchant à résoudre l'énigme qu'il représentait pour lui. Puis secoua la tête, préférant y renoncer.

– J'ai conscience que la vie n'est pas toujours facile, enfermé entre ces quatre murs, mais…

Erwan saisit l'occasion :

– Ne pourriez-vous m'emmener une fois à Warglen ? Rien qu'une fois ?

Théophylus reposa brusquement son verre.

– Allons, ne recommence pas. Nous en avons déjà discuté. Je ne veux pas qu'on te voie au village.

– P-pourquoi ?

Un voile de tristesse assombrit le regard du vieillard. Il baissa la tête.

– Tu connais les gens de ce pays… Ils sont bavards et superstitieux. Ils n'aiment pas les étrangers. Et pour eux, nous le sommes toujours restés. Ils te prennent pour une sorte de fantôme de la lande. Ils te craignent. Ah, je me rappelle à notre arrivée l'enfant chétif que tu étais. Si frêle qu'on aurait dit du cristal. Pourtant, tu n'as jamais été malade. Pas une seule fois.

– Est-ce que nous partirons un jour d'ici ?

Théophylus dévisagea Erwan, dissimulant son embarras derrière un sourire.

– Où irions-nous, mon pauvre garçon ? Le monde n'est pas tel que tu l'imagines. Et tu n'es pas…

– Quoi donc ?

– Oublie ça.

– Suis-je si di-différent ? Si différent que je ne puisse mener une vie o-ordinaire, habiter la ville et voir les gens ?

– Tu m'as toujours fait confiance, n'est-ce pas ? Je t'ai élevé comme mon fils. J'ai toujours voulu te tenir à l'écart des dangers. Peu importe le reste. Quand ma sœur t'a mis au monde, je lui ai promis de m'occuper de toi. De te protéger. Et je l'ai fait.

– Je ne me souviens pas d'elle.

– Ce n'est pas étonnant, tu étais bien jeune quand elle est morte.

– Qui était mon père ? Pourquoi n'est-ce pas lui qui s'est chargé de moi ?

– Ton père ?... Voyons, Erwan, tu sais bien ce qu'il en est. Je te l'ai dit. Avena, ta mère, a emporté le nom de ton père dans la tombe. Et d'ailleurs, peu importe son identité. Je suis un vieux bougon, c'est vrai, mais tu es ma seule raison de vivre. Je sais bien que nous menons une vie austère et peu agréable pour un jeune homme de ton âge. Mais tu dois me faire confiance. Pour des raisons que je ne peux te révéler, nous devons rester prudents. Nous montrer le moins possible. Un jour, sans doute, je pourrai te dire...

Il s'interrompit soudain et tourna la tête vers la fenêtre, comme si son attention avait été attirée par un bruit au-dehors.

– Quoi ? Qu'alliez-vous dire ?

– Rien. Nous en reparlerons une autre fois. L'orage approche. Nous devrions vérifier que tout est bien fermé. J'ai peur qu'en entrant, le vent n'emporte ce fichu phare !

– So-sommes-nous des criminels et d-devons-nous vivre cachés le restant de nos jours ?

– Oui. Il y a un peu de cela.

– Je ne v-vous crois pas. C'est absurde. Quel crime auriez-vous commis ? Quand me direz-vous la vérité ? Je ne suis p-plus un enfant... Vous ignorez ce dont je suis capable !

L'Oncle le fixa :

– Non. Je n'ignore rien. Je sais ce qui se passe en toi. La vérité est que nous devons nous cacher et...

Le professeur blêmit soudain. Il porta une main à sa poitrine. Erwan vint aussitôt à son secours.

– Qu'avez-vous ?

– Rien... Cette maudite douleur qui revient. Aide-moi à m'asseoir, veux-tu ?

Théophylus haletait. Il bredouilla :

– Un étranger est arrivé au village aujourd'hui. Il pose des questions... Ne l'approche pas, Erwan. Méfie-toi de lui.

– Oui. C'est entendu. Mais ne parlez plus.

Il imposa ses mains à l'emplacement du cœur et presque aussitôt, le sang revint aux joues de l'Oncle. Un instant plus tard, sa respiration reprit un rythme normal.

– Merci... Tu as un trésor dans les doigts, Erwan. Prends-en soin. Bien utilisé, il fera de toi un homme aimé de tous et considéré. Au contraire, si tu l'utilises à d'autres fins... Va. Laisse-moi. Je vais mieux. Je monte travailler un peu, avant de me mettre au lit. Toi, que...

Erwan n'écoutait plus. Il regardait par la fenêtre le ciel s'illuminer d'éclairs. L'Oncle suivit son regard.

– Va, Erwan, dit-il tristement. Suis ta nature.

Sans un mot, le jeune homme tourna les talons. Un instant après, il courait sur la lande à perdre haleine, bravant le vent et la pluie. Du ciel tourmenté, un essaim de corbeaux descendit pour l'escorter.

Le baron Murdink replia sa longue-vue et un sourire satisfait lui vint aux lèvres. Il n'avait eu aucune peine à trouver le Phare Squelette. Les gens de Warglen s'étaient fait un plaisir de le lui indiquer, non sans prendre la précaution de se signer. Les idiots. Le voyageur huma l'air. Il nota un vol de corbeaux qui s'éloignait vers l'ouest. Il lui sembla un instant... Mais il n'eut pas le loisir de s'interroger.

La grosse montre qu'il portait à son gilet se mit à battre comme un cœur. Elle battait si fort que ses coups résonnaient dans sa poitrine jusqu'à en devenir douloureux. Le baron se hâta de l'extraire de son gousset. Sur le cadran ancien, une brume noire se dispersa, laissant émerger un visage singulier, aux traits confus et effrayants.

La voix rauque, caverneuse, monta jusqu'au cerveau du baron.

– Où étais-tu, Murdink ? Je te cherchais.

– Je... J'étais en chemin, répondit craintivement Murdink.

– Vraiment ?

– Je l'ai trouvé, Maître. Je suis absolument certain de l'avoir trouvé, cette fois. Il ne peut m'échapper.

– Tu te vantes, comme à ton habitude. Cela finira par te jouer des tours. Le trouver est une chose. Le ramener en est une autre...

– Bien sûr, je...

– Murdink, insista le Maître, nous touchons au but. Il serait fâcheux que ta négligence nous prive de la victoire. Si tu échoues, je te réduirai à néant. Tu ne seras plus qu'une poignée d'atomes de souffrance, errant dans l'univers.

– Bien sûr, Maître...

Murdink sentit un étau invisible se refermer sur sa nuque. Il entendit avec terreur ses os craquer. Il poussa un cri. Par bonheur, l'étreinte se relâcha aussitôt.

– Nous avons conclu un pacte, baron Murdink. Tu le respecteras jusqu'au dernier terme, jusqu'au dernier mot. Ceci n'était qu'un simple avertissement, pour te rappeler que je puis te frapper, là où il me chante et quand il me chante.

Le couvercle de la montre se referma avec un bruit sec, pinçant les doigts du baron qui secoua vivement la main de douleur.

– Maudit soit ce...

Il siffla de dépit à la façon d'un serpent blessé dans son orgueil. Il en avait assez d'être injurié, tordu et meurtri. Cela durait depuis trop longtemps. Hélas, l'univers n'était pas assez vaste pour échapper à cet humiliant traitement. Ni à l'emprise du Maître. Par bonheur, tout cela s'achèverait bientôt. Avant l'aube, Erwan Korvander serait entre ses mains.

LE MAL DE LA LANDE

– Il viendra, dis, Maureen ?

Les yeux mi-clos, l'enfant respirait avec peine. Il semblait échoué dans ce lit trop grand. Seul son visage en sueur émergeait des draps blancs. La chambre était plongée dans une pénombre funèbre. Et ce vent, dehors, qui ne cessait de gémir... Maureen caressa le front brûlant de son frère.

– Il viendra, Davy. Il l'a promis.

– Mais... Il fait peur ?

Maureen ne répondit pas. À travers la cloison, elle écoutait ses parents discuter à voix basse avec le docteur Bishop. Elle ne l'aimait guère. Il ne souriait jamais. Il semblait se résumer à une paire de lunettes rondes, un collier de barbe drue et une forte odeur de naphtaline. Il venait d'examiner Davy et ne cachait pas son pessimisme.

– Je serai franc, disait-il. Les potions restent sans effet. Si la fièvre persiste ainsi, j'ai peur que votre fils ne passe pas la nuit.

– Ces saignées étaient-elles bien nécessaires ? demanda Lady O'Reilly.

– J'ai tout tenté. C'est un mal pernicieux. Les gens d'ici l'appellent le mal de la lande. Il n'est rien que nous puissions faire, sinon prier.

Maureen entendit sa mère sangloter :

– Mon Dieu, il est si jeune...

– Je t'en prie, il faut être confiants, répondit son père. Ma fille m'a dit qu'elle connaissait un jeune homme, un guérisseur. Ne pensez-vous pas que je devrais le consulter ?

Le docteur Bishop se permit un rire acide :

– Pfff... Voyons, Milord ! Conservez la raison ! Je connais le garçon en question : un attardé qu'on voit rôder sur la lande, qui effraie les animaux et les passants. Si vous tenez à la vie de votre enfant, ne le laissez pas approcher de votre maison. Je reviendrai demain, à la première heure, et nous verrons ce qu'il convient de faire.

Après que le médecin eut pris congé, Lady O'Reilly se glissa dans la chambre. Elle était grande, belle, et vêtue comme sur ses portraits. Maureen remarqua ses traits tirés et ses yeux rougis par les veilles. Elle s'assit au chevet de Davy, s'efforçant de sourire. À peine si l'enfant eut la force de tourner la tête.

– Maureen ? A-t-il parlé ?

– Oui, maman. Il est réveillé depuis un instant. Mais il a toujours aussi chaud...

– Maman ? Est-ce que je vais aller mieux ?

La voix brisée du petit garçon faisait peine à entendre.

Sa mère se pencha au-dessus de lui, l'embrassa et renouvela les compresses d'eau froide.

– Oui, mon chéri. Sûrement.

Davy cligna des yeux.

– Maman ? Le fantôme de la lande va venir me prendre.

La mère se raidit, inquiète.

– Le fantôme ? De quel fantôme s'agit-il ?

– Je ne peux pas te le dire, c'est un secret.

Involontairement, la mère regarda en direction de la fenêtre.

– C'est ce temps épouvantable qui te donne de pareilles idées… Tu ne dois pas avoir peur. Personne ne viendra te chercher.

– Le fantôme existe, tu sais. Maureen me l'a dit.

– Maureen ?

La jeune fille détourna les yeux.

– Quelles sornettes lui racontes-tu ? Crois-tu que ce soit le moment ?

– Mais maman, je suis sûre que…

– Assez ! Mon pauvre petit… Maureen a dit cela pour rire. Elle désire tant que tu ailles mieux. Il n'y a pas de fantôme. Et je ne laisserai personne te faire du mal.

Rassuré, l'enfant ferma les yeux et sombra dans une lourde torpeur. La fièvre le dévorait, venant progressivement à bout de sa faible résistance. Pourtant, il ne se plaignait pas. Il garda la main de sa mère serrée contre sa poitrine. Lady O'Reilly n'osa pas la retirer.

Elle resta là, immobile, accablée par un sentiment d'impuissance.

– Maureen, retourne te coucher. Il est bien tard. Je reste près de lui. Ne t'en fais pas. Excuse-moi de t'avoir parlé aussi durement.

Maureen se retira en traînant les pieds. Sur le seuil de la porte, elle murmura :

– Le docteur Bishop a tort. Erwan a guéri mon cheval et il guérira Davy aussi...

Mais sa mère ne l'entendit pas.

Les heures passèrent, égrenées par le martèlement sinistre de la grande horloge de la salle à manger. Davy s'éveilla soudain. Sa mère s'était assoupie à son chevet, le menton sur sa poitrine. Il abandonna sa main et se redressa légèrement sur son oreiller. Un autre bruit que celui de la tempête l'avait tiré de ses cauchemars, comme un battement d'ailes. Il tourna la tête avec précaution. À la faveur d'un éclair, il crut distinguer une forme noire derrière la vitre. Il laissa échapper un petit cri. Sa chambre se situait à l'étage et personne n'aurait pu se tenir ainsi en équilibre à plusieurs mètres au-dessus du sol. Personne, sauf peut-être...

Soudain, la fenêtre s'ouvrit dans un grand fracas et l'ombre bondit au milieu de la pièce. Sidéré, Davy ouvrit la bouche pour réveiller sa mère, mais aucune parole ne franchit la barrière de ses lèvres. Malgré le vent qui s'engouffrait, elle semblait toujours plongée dans un profond sommeil. Dans la lumière vacillante, le fantôme s'avança. C'était un jeune homme long et mince d'une étrange beauté. Son visage maigre et pâle ressemblait à un croissant de lune qu'encadraient de longs cheveux de jais. Ses yeux bien trop grands brillaient comme des diamants. Son ample manteau rapiécé flottait sur ses épaules. Il sentait la pluie, la lande et quelque chose d'autre que Davy ne reconnut pas.

– N'aie pas peur, dit Erwan d'une voix douce.

L'aurait-il voulu, Davy eût été incapable d'esquisser le moindre geste.

– C'est toi, le fantôme ? Celui dont Maureen m'a parlé ? Tu viens me chercher ?

– Il le faut bien. Ne te l'avait-elle pas promis ?

– Maman avait dit que tu n'étais qu'un rêve...

– Je suis un rêve. Et au réveil, tu m'auras oublié.

De sa longue main blanche, il effleura le front de l'enfant.

– Viens, dit Erwan.

Il souleva Davy avec d'infinies précautions. Au même instant, Lady O'Reilly entrouvrit les yeux. Elle mit une seconde à réaliser la scène. Son cri résonna dans toute la maison, mais il était déjà trop tard. La vision avait disparu, emportant son fils.

Le landlord fit irruption dans la chambre, talonné par Maureen. Il trouva le lit vide, sa femme qui désignait la fenêtre béante d'un doigt tremblant, muette de terreur.

– Davy ? Où est Davy ? Mary, réponds !

Il se pencha au-dehors et aperçut une ombre qui fuyait à travers la lande.

– Par tous les saints ! s'écria-t-il avec fureur. Il a pris mon garçon. Roland ! Rassemblez tout le monde ! Les chiens ! Lâchez les chiens !

Maureen s'accrocha au bras de son père.

– Attends, je t'en prie, c'est de ma faute. Il ne lui veut pas du mal. Tu ne le connais pas !

Sans lui prêter la moindre attention, O'Reilly se rua dans l'escalier. Dehors, quelqu'un sonna la cloche…

Théophylus cessa soudain d'écrire. À travers le fracas de la tempête, un léger bruit venait de capter son attention. Il referma brusquement le lourd volume aux illustrations monstrueuses posé devant lui.

– Erwan ?

Le garçon marchait toujours sans bruit. Était-ce lui qui revenait de son escapade nocturne ? Théophylus éprouva le curieux sentiment d'une présence toute proche. Non, impossible. Le Phare Squelette inspirait une telle crainte au voisinage qu'il était impensable que des curieux, ou même des cambrioleurs, puissent trouver assez d'audace pour s'y introduire. Cet orage le rendait nerveux, ainsi que ces ombres étranges qui rôdaient dans la pièce sombre et voûtée, où s'entassaient parchemins et fétiches. Il allait se remettre au travail lorsqu'un petit rire étouffé tinta. Cette fois, Théophylus se fâcha.

– Erwan, voyons. Cesse ce jeu et va te coucher. Tu as assez vagabondé pour cette nuit…

Il n'y eut pas de réponse. La porte pourtant fermée à clé s'entrebâilla doucement. Théophylus ouvrit promptement un tiroir de son bureau, celui orné d'une serrure en forme de dragon. Il s'empara d'une amulette ornée d'une émeraude, qu'il enroula autour de son poignet.

– Qui est là ? lança-t-il d'une voix blanche. Montrez-vous !

Les lampes vacillèrent. Théophylus rapprocha le chandelier. Sa main tremblait. Une haute silhouette se détacha soudain des ténèbres, vêtue d'un manteau de voyage.

– Bonsoir, docteur Korvander ! lança le visiteur d'une voix suave, trop suave. Avouez que ce n'est pas réellement une surprise. Que vous attendiez ma venue… Vous l'attendiez, n'est-ce pas ?

La gorge nouée par l'angoisse, Théophylus fut dans l'incapacité de répondre. Le baron Murdink s'avança dans la lumière, exposant avec une certaine complaisance la laideur de son visage livide et vérolé. Il retira tranquillement ses gants de cuir et fit mine d'admirer les rayonnages de l'imposante bibliothèque. Dans ses yeux chaviraient d'étranges reflets pourpres.

– Voyez-vous cela... commenta-t-il. *Les secrets de l'ancienne Babylone, Démons et Démoniaques, Métamorphoses des goules*. Étranges goûts, pour un professeur d'université. Car c'est bien ce que vous étiez dans le temps, non ? Cela fait froid dans le dos !

Théophylus dut faire un effort surhumain pour garder sa contenance :

– Comment êtes-vous parvenu ici ?

– Beau repaire, ma foi, éluda le visiteur. Bien situé. Rien ne vaut d'inspirer la crainte à ses voisins pour avoir la paix.

– Partez, Murdink. Laissez-nous. Retournez d'où vous venez.

Le baron avisa le talisman enroulé autour de son poignet et partit d'un éclat de rire :

– Maître Korvander, ce que vous me demandez est hélas impossible. J'aurais voulu vous être agréable, mais... Mon Maître n'a guère goûté les retards qui ont entravé ma mission. Seize ans, c'est bien long, même pour lui. Le temps est venu...

– Alors je devrai vous combattre, comme j'aurais dû le faire autrefois ! Vous avez poussé ma sœur à...

Murdink l'arrêta du geste.

– Chhht... Je ne suis pas venu chercher querelle, Théophylus. D'ailleurs vous n'êtes pas de taille. Je pourrais régner ici, dans ce phare. À l'instant. Vous savez ce que cela signifie. Tous vos grimoires, tout votre savoir ne sauraient se mesurer à moi.

Une force étrange renversa Théophylus sur son siège.

– Voilà qui est mieux, apprécia Murdink. Il faut vous rendre à l'évidence. Votre tâche s'achève. La mienne commence.

Il rajusta son chapeau sur ses yeux. Théophylus remarqua que l'homme ne projetait aucune ombre, mais cela ne le surprit guère.

– Quel vilain temps ! J'ai les os gelés... Et ce fut une longue route, exténuante en vérité.

– Approchez-vous du feu, suggéra finement le vieil homme.

Le baron laissa passer un sourire qui découvrit ses longues dents blanches, très pointues.

– Très drôle. Et très rusé, vieillard. Mais ne perdons pas de temps. Je dois bientôt repartir. Où est-il ?

– Pas ici.

Le sourire s'effaça aussitôt.

– Que me chantes-tu là ? Tes pitoyables manœuvres ne m'ont pas trompé. J'ai parcouru des dizaines de pays et traversé l'Océan pour vous retrouver. Espères-tu que je vais me contenter d'un si piètre mensonge ? Tu n'as donc pas peur de mourir ?

– Il ne vous servirait à rien de me tuer.

– Exact. Mais j'en tirerais une immense satisfaction. Trêve de plaisanterie. Où est Erwan ?

Théophylus secoua la tête.

– Erwan n'est pas ici. Et j'ignore où il se trouve à cette heure. Il est parti.

Le baron affecta l'indignation :

– Scandaleux. Quelle sorte de tuteur es-tu donc, pour laisser ainsi courir un gamin en pleine nuit, par ce temps ? Mais peut-être n'es-tu plus de taille à l'empêcher d'agir à sa guise ? Hé ? Peut-être échappe-t-il désormais à ton contrôle ?

Murdink scruta son interlocuteur comme s'il voulait sonder son âme.

– Erwan n'est plus un enfant, répondit posément Théophylus. Il est comme tous les jeunes gens de son âge : la moindre recommandation lui paraît insupportable. Il aime cette lande. Il la parcourt à toute heure du jour et de la nuit. C'est son royaume. Si vous désirez l'emmener, Baron, ce n'est pas moi qu'il s'agira de convaincre, mais lui. Je n'ai aucun pouvoir sur sa décision...

Cette réponse sembla déconcerter le visiteur. La colère se lut dans ses yeux. Il leva la tête, huma l'air comme un fauve cherchant l'odeur de sa proie.

– Se pourrait-il que tu dises vrai ? Que tu ne sois pas parvenu à le dominer ? À en faire ta chose ? Et qu'il te fausse compagnie à sa guise ? Ah !

Il frappa la table avec ses gants et cela produisit un bruit sec qui se répercuta sous les lambris de la salle.

– Non, je te connais. Tu es habile. Quelle malice as-tu encore mise en œuvre ? Tu puises dans tes maudits bouquins assez de savoir pour me défier. Plusieurs fois déjà, j'ai cru mettre la main sur toi et tu m'as filé entre les doigts. J'ai dû rendre des comptes et je n'ai pas été épargné par qui tu sais... Tu es un maître pour brouiller les pistes. Cette fois, pourtant, tu as perdu la partie. Erwan va revenir. Et il m'accompagnera. Car il est attendu. Depuis longtemps. N'essaie pas de l'en empêcher.

– Il refusera. Il n'est pas des vôtres. En fait, il est très différent de ce que tu imagines.

– Différent ? Que pourrait-il espérer de ce côté-ci du monde, dis-moi ? À quelle sorte d'existence misérable et mortelle peut-il prétendre ?

– À celle que peut espérer tout un chacun. N'est-ce pas déjà suffisant ? La vie, que l'on accuse de bien des maux, n'est-elle pas en somme une récompense, déjà ?

– La Vie ! Pouah ! Je méprise la Vie. Quelle vie imagines-tu pour ce garçon ? Crois-tu qu'il connaîtra la douceur d'un foyer, l'amour d'une femme, la sécurité d'un travail ? Ou la reconnaissance de ses semblables peut-être ? Non, rien de tout cela. Ce qu'il est, tu ne peux le changer. Partout où il ira, les gens le traiteront avec crainte ou mépris. Ils cracheront sur son passage ou brandiront des talismans semblables à celui que tu tiens... Et un jour, ils s'arrangeront pour le brûler en place publique !

– Aurais-tu mieux à lui proposer ?

– Voilà qui m'étonne de ta part. Évidemment, j'ai mieux. Ne sais-tu donc pas ce qu'il est, d'où il vient ? Ne sais-tu pas à quel destin supérieur il est promis ? Et tu voudrais lui refuser cela ? Lui as-tu jamais révélé sa véritable naissance ? Lui as-tu jamais parlé de celui qui l'attend ? De l'Héritage ? Non, tu ne l'as pas fait. Tu as eu peur.

– C'est à lui de choisir sa voie. Et rien n'est jamais irréversible.

– Oui, tu as passé tout ce temps à lui farcir l'esprit avec ta philosophie de pacotille. Mais cela ne suffira pas. D'ailleurs, il ne sert à rien de discuter. Avant que le jour soit levé, il n'y aura plus d'obstacle entre lui et moi. Il nous reviendra. Je le sais.

Des profondeurs de son vaste manteau sombre, il tira une longue canne d'ébène luisante, dont le pommeau d'or ciselé évoquait une figure grimaçante. D'un geste vif, il le tourna et fit jaillir une lame d'un acier noir et tranchant. À sa vue, Théophylus ne put s'empêcher d'avoir un haut-le-corps.

– De quoi as-tu peur, vieux débris ? Ou peut-être es-tu moins sûr de toi que tu ne parais ? Ceci n'est qu'un présent... Et il ne t'est pas destiné. Le Maître me l'a confié. Parce qu'Erwan est ce qu'il est, il le prendra. Et ce sera la preuve qu'il est des nôtres.

Il déposa la canne sur la table, devant lui. Théophylus ouvrit la bouche comme s'il manquait d'air. Il tenta de se lever, mais son corps tout entier se raidit. Ses yeux chavirèrent. Il poussa un râle et s'abattit sur la table, les bras en avant. Le talisman se détacha de son poignet et glissa au sol.

Le baron le contempla avec une mimique de dégoût.

– Pauvre singe, maugréa-t-il. Tu choisis bien ton moment pour mourir. Tu vas rater le plus intéressant.

Il partit d'un éclat de rire et, saisissant les pans de son manteau, disparut dans un froissement d'étoffe.

LES FEUX DE LA LANDE

Erwan courait à travers la lande comme porté par le vent. Il serrait Davy sous son manteau. L'enfant avait sombré dans une sorte de torpeur fiévreuse. À quelque distance derrière eux, un groupe d'hommes armés de torches et de fourches s'était lancé sur leurs traces. Ils fonçaient droit devant eux, entraînés par une meute de redoutables fox-hounds.

En entendant leurs aboiements, Erwan se retourna avec un feulement animal. Un éclair embrasa le ciel, découpant sa silhouette perchée sur la crête de la dune, tel un oiseau de proie. Le jeune homme tourna sur lui-même, un instant décontenancé. Il n'avait agi que par instinct, sans imaginer les conséquences de son acte. Quoi qu'il en soit, il ne pouvait plus reculer. La vie du petit était en jeu et l'avance qu'il avait prise était juste suffisante. Il connaissait la lande comme sa poche. D'un bond, il enjamba une ravine et courut à perdre haleine parmi les taillis. Il avait l'espoir d'atteindre le cromlech avant d'être rejoint. Là-bas, il se sentait de taille à affronter n'importe qui.

Il franchit plusieurs miles sans ralentir, se jouant des embûches malgré l'obscurité. Le vent lui apportait les grognements rageurs de la meute. Sans doute avait-elle été lâchée car elle gagnait du terrain, inexorablement. Erwan contourna l'épaulement d'une colline. Au détour du chemin, les grands monolithes ambrés se dressèrent soudain dans la clarté livide de l'orage, pareils à des crocs enfoncés dans la terre. Serrant l'enfant contre lui, Erwan s'élança de plus belle. Mais avant qu'il ait eu le loisir de les atteindre, les chiens déboulèrent, langue pendante et gueule ouverte. Ils se jetèrent sur lui. Une mâchoire se referma sur son talon, une autre arracha un pan de son manteau, une troisième claqua près de sa gorge. Erwan mit son bras en bouclier afin de protéger l'enfant. Quelques pas. Quelques pas seulement le séparaient du cercle. Hélas, il était cerné de toutes parts.

Il se débattit comme un forcené, aveuglé par la rage et la peur. Son poing écrasa le museau le plus proche, faisant craquer les cartilages. Puis il fit valser celui qui s'acharnait sur sa chaussure. Excitée par l'odeur du sang, la meute refusait pourtant de lâcher prise. Elle était rompue à ce genre d'assauts… Les hommes tournèrent à l'angle du chemin. Ils désignèrent le fuyard d'un cri vengeur. Erwan recula, recula encore… Plus que quelques pas à peine… N'arriverait-il jamais à cette ombre qui se tendait vers lui comme une main secourable ?

Il se mit soudain à cracher une litanie de mots étranges, dans cette langue barbare qu'il ne connaissait qu'en rêve et dont pourtant il comprenait le sens. Aussitôt, une pluie noire s'abattit sur la lande, une pluie bruissante et duveteuse. L'armée des corbeaux venait d'envahir le ciel. Elle s'abattit sur la meute avec la violence de la grêle et la mit en déroute.

Erwan entra dans l'ombre des pierres et la clameur du monde extérieur se tut. Ni les croassements des oiseaux, ni les couinements des chiens affolés, ni le bruit du vent ne l'atteignaient plus. Il baignait dans un silence total. Il s'agenouilla et déposa Davy sur la pierre plate en forme d'enclume, au centre de l'aire. L'enfant transpirait, consumé par la fièvre, inconscient. Erwan le considéra avec un sentiment partagé. Qu'était cette petite chose entre ses mains, ici, dans cet endroit où il régnait en maître ? Il aurait pu la briser comme une brindille. Il en avait le pouvoir et, quelque part, le secret désir.

Erwan respira profondément, refoulant l'ombre noire qui obscurcissait son esprit. Cet autre lui, tapi au fond de son âme… Il étendit ses deux mains sur le front de Davy et, fermant les yeux, concentra toute son énergie. Un temps passa. L'enfant poussa un soupir et cligna des yeux. Il regarda avec étonnement autour de lui. Il avait l'air de se sentir mieux, en sécurité. Le vacarme de la tempête lui parvenait étouffé. Quelque chose d'agréable bruissait au-dessus de sa tête. Il ne savait pas quoi.

– Je ne te veux aucun mal, le rassura Erwan.

– Je sais qui tu es : le fantôme de la lande, celui dont parle Maureen.

Quelque part, une corne emplit la nuit de son appel lugubre. Erwan tourna la tête.

– Je dois partir. Ici, tu ne risques rien. Tu dois me faire une promesse.

– Si je peux, bien sûr.

– Demain, tu verras le soleil se lever, dit Erwan qui ne bredouillait plus. Tu demanderas à ta mère de mettre une chaise devant ta fenêtre et tu insisteras pour qu'elle vienne regarder avec toi. Promets.

Le malade acquiesça faiblement.

Dans l'autre monde, les hommes se disputaient. Ils brandissaient leurs armes et s'excitaient de la voix. Mais ils n'osaient approcher des monolithes et se serraient peureusement les uns contre les autres.

– Cet endroit est ensorcelé, murmura quelqu'un.

– Le Cirque de Pierres ! lança un autre. Jamais on ne doit en approcher. Les démons habitent là.

Sur ces entrefaites, O'Reilly arriva à cheval, vêtu d'une simple veste et sans perruque.

– Roland ! Roland ! Où es-tu misérable animal ?

– Ici, Milord !

Un gaillard courtaud, au poil brun, au regard sournois, sortit du groupe. O'Reilly abattit sa cravache sur lui.

– Bougre d'imbécile ! Comment as-tu pu lâcher les chiens ? Veux-tu que mon garçon soit dévoré ? Où sont-ils ?

Roland désigna le cromlech, ravalant son humiliation et sa colère.

– Là-dedans, Milord. Mais les hommes ne veulent pas aller plus loin.

– Ah bon ? En quel honneur ?

– Ils disent que l'endroit est hanté.

O'Reilly saisit une lampe et s'aventura aux abords du monument. Il ne distinguait rien à l'intérieur, tant l'obscurité y était profonde.

– Est-ce que vous êtes tous devenus des vieilles femmes, pour croire à ces superstitions ? Ce ne sont que des rochers. Et mon fils est là, je le sens. Roland, suivez-moi.

Le contremaître ne bougea pas.

– Milord, vous n'êtes là que depuis peu de temps. Il ne s'agit pas que de superstitions. Ce sont les anciens prêtres qui ont élevé ces pierres, des prêtres noirs, au culte maudit. Ici ils offraient leur sacrifice. Ici, la terre connaît le goût du sang humain. N'y allez pas.

– Je dis que j'irai, même si je dois affronter le diable en personne. Il s'agit de la vie de mon fils ! Écartez-vous ou, par tous les saints, je vous écrase, troupeau de gueux...

Roland ne se le fit pas répéter. Au mépris du danger, le landlord s'avança entre les redoutables rocs. Mais son cheval renâclait. Soudain il se cabra si vivement qu'il jeta son cavalier à terre et s'enfuit au triple galop.

O'Reilly se releva. Il avait été officier. Il avait fait la guerre et n'était pas homme à reculer devant des ombres. Pourtant, sitôt qu'il se retrouva seul, un froid étrange envahit ses membres. Bien qu'il se sentît gelé jusqu'aux os, qu'une angoisse sourde mordît son cœur, il refusa de tourner les talons. Il lui sembla que les ténèbres s'éclaircissaient. Il distingua enfin son fils étendu sur la pierre.

– Papa !

Davy se précipita vers lui, le serra dans ses bras.

Erwan n'avait pas fui. Il observait la scène. O'Reilly dut sentir sa présence dans son dos, car il se retourna d'un coup. Un pistolet jaillit dans sa main :

– Éloigne-toi de mon fils, immonde créature ! Éloigne-toi de lui !

D'Erwan il ne distinguait que les yeux, deux fentes blanches et menaçantes qui brillaient dans le noir. Il lui sembla que sa silhouette grandissait. Le froid devint soudain plus vif. O'Reilly sentit un étau invisible enserrer son poignet. L'arme lui échappa. Il dévisagea l'adolescent maigre avec un dégoût mêlé d'effroi. Quel que fût son désir d'avancer, il s'en trouvait incapable. Il tendit la main. Ses genoux se dérobèrent.

– Toi, toi, le Maudit… lança-t-il. N'approche plus jamais des miens !

– L'enfant aurait pu mourir, répondit Erwan. Je l'ai sauvé.

Sur ces paroles, il recula. Le brouillard l'enveloppa tout entier et il disparut comme la vision d'un rêve. O'Reilly s'ébroua. Le froid se retirait de son corps. Se retournant vers son fils, il le prit dans ses bras et le porta hors du cromlech.

– C'est fini. Là. N'aie plus peur.

– Je n'ai pas peur. Le fantôme a dit que je serai guéri demain si je regarde l'aube se lever avec maman.

– Vraiment ? Il a dit cela ? Eh bien nous le ferons. Nous allons rentrer. Accroche-toi...

Les hommes saluèrent joyeusement leur retour.

– Dieu soit loué, fit Roland. Il n'a pas eu le temps de lui faire du mal.

Il brandit sa torche en direction du cromlech.

– Vous autres, est-ce que vous l'avez vu ? De quel côté est-il parti ?

Ses camarades firent des gestes d'impuissance. La tempête s'éloignait et l'obscurité totale ne permettait pas de voir à plus de quelques pas.

– Laissez-le ! ordonna O'Reilly. Cela suffit pour ce soir. Au moins, sait-on qui est ce jeune démon ?

– C'est Erwan. Un sauvageon qui habite un vieux phare plus bas sur la côte. Il n'en est pas à sa première frasque.

O'Reilly parut réfléchir.

Un palefrenier se présenta, ramenant son cheval par la bride. Le landlord enveloppa Davy dans son manteau et le prit en selle. Ils s'en retournèrent à la ferme au petit trot. Tandis qu'ils s'éloignaient, Roland porta une main à son épaule meurtrie par la cravache et regarda vers le sud.

– Je ne laisserai pas cette affaire s'achever là. Il nous a fait courir. À notre tour.

– Bien parlé, lancèrent les autres. Fichons-lui une bonne correction.

– Au Phare Squelette.

– Au Phare Squelette ! répéta Roland. Et ne laissez pas une pierre l'une sur l'autre.

Assis sur un rocher, le baron Murdink contemplait de loin toute cette agitation. Décidément, la chance était de son côté. Les circonstances prenaient un malin plaisir à lui faciliter la tâche. Peut-être l'influence du Maître n'était-elle pas étrangère à cela. Il savait se glisser dans les cœurs et les êtres, faire pencher la balance du côté favorable.

Sans doute attirés par son odeur, des corbeaux vinrent voleter au-dessus du sombre cavalier avec des croassements stridents. Il chassa ces maudites bestioles à grands coups de chapeau. Allons, il était temps de donner un dernier coup de pouce au destin.

– Oncle ?

Erwan entra dans le phare en coup de vent.

– Oncle ?

Seul l'écho de sa propre voix lui répondit. Quatre à quatre, il grimpa jusqu'au sommet de la tour. Peut-être l'Oncle s'était-il endormi sur ses vieux manuscrits. Il fut surpris de trouver la porte entrouverte. D'ordinaire, Théophylus s'enfermait jalousement. Le garçon s'arrêta sur le seuil. Il n'était jamais entré là et la seule idée de franchir le seuil l'intimidait. Il avait eu maintes occasions de transgresser l'interdiction. Pourtant, il n'en avait saisi aucune. Pour une raison obscure, cette pièce mystérieuse le repoussait. Il pressentait qu'elle renfermait quelque secret dont il ne voulait pas avoir connaissance.

– Oncle ?

Sa voix n'était plus qu'un murmure. Il décida d'avancer. La pièce était telle qu'Erwan l'avait imaginée, austère et froide. Le feu mourant projetait des ombres étranges sur les murs tapissés de livres. Derrière les vitrines, des masques grimaçants aux yeux vides, aux bouches tordues, semblaient le narguer. Quel étrange endroit. Erwan frissonna. Théophylus était assis derrière un large bureau encombré de paperasses. Penché en avant, le front posé sur un in-folio, il semblait dormir. Quelque chose clochait. Erwan s'approcha à pas comptés. Malgré lui, il déchiffra le titre du volume : *La Démonologie et le Démoniaque*.

Sur la page ouverte s'étalait une gravure ancienne, représentant une monstruosité mi-humaine, mi-animale, qui lui donna froid dans le dos.

Erwan poussa un cri strident, redressa le vieil homme. Celui-ci laissa échapper un soupir. Il vivait encore.

– Erwan...

– Mon oncle, je vous en prie, parlez-moi !

Théophylus entrouvrit ses yeux déjà voilés par l'agonie :

– Ne va jamais à Carvanon... Souviens-toi : Carvanon.

– Je vous guérirai. Taisez-vous. N'usez pas vos forces, je...

Avant qu'il eût pu tenter quoi que ce soit, Théophylus laissa retomber son menton sur sa poitrine. Il semblait n'avoir lutté contre la mort que pour lui délivrer cet ultime message. Erwan posa sa joue sur l'épaule du vieillard. Une souffrance inconnue meurtrissait chaque fibre de son corps. Il aurait voulu pleurer. Mais il ne pouvait que couiner à la façon d'un chien qui vient de perdre son maître. Il maudit ces larmes qui ne venaient pas. Il maudit ces glapissements qui seuls traduisaient sa profonde détresse.

Il s'écoula un temps avant qu'il n'aperçût la canne. Il la prit, la retourna entre ses doigts : elle était noire, longue et fine, terminée par un pommeau d'or représentant une figure grotesque. Au milieu de cet étrange décor, elle ne paraissait pas déplacée. Aussi Erwan fut-il persuadé qu'elle appartenait à l'Oncle, bien qu'il ne la lui ait jamais vue entre les mains. Elle était à la fois légère et maniable. À force de triturer le pommeau, il découvrit le mécanisme libérant l'épée. Il fut sur-le-champ fasciné par la beauté de l'acier bleu nuit, tranchant comme un rasoir et gravé de symboles qui se reflétaient dans la clarté pourpre. Abîmé dans la contemplation de l'objet, il n'entendit pas tout de suite la rumeur venue du dehors.

Quand la première pierre brisa l'une des vitres du bas, il sursauta. Machinalement, il tira la manche de son oncle. Théophylus ne pouvait plus lui être d'aucun secours désormais. Il se dressa, courut à la fenêtre. Les gens du landlord avaient envahi la cour. Ils se pressaient devant la porte. L'un d'eux vit Erwan derrière le carreau. Il ramassa une pierre et la lança dans sa direction. Erwan n'eut que le temps de reculer pour éviter les éclats de verre.

Il comprit qu'en restant ici, il courait à sa perte. D'ailleurs, plus rien ne le retenait. Il s'élança dans l'escalier. Déjà, les intrus se répandaient dans le vestibule, mettant le feu à tout ce qui pouvait brûler.

– Allez-y ! Que ça flambe ! vociférait leur chef. Il faudra bien qu'il sorte !

Erwan reconnut la voix de Roland, le régisseur des O'Reilly, une brute dont les méfaits étaient devenus tristement célèbres dans le pays. Un grognement retroussa ses lèvres. Il hésita.

Pas de retraite par là. Il était pris au piège. Désemparé, il retourna s'enfermer dans la bibliothèque. Il pouvait entendre les hommes ivres de haine saccager les pièces une à une.

– Il est là-haut, vous pouvez parier ! On le tient !

Erwan émit un feulement. Une épaisse fumée grise s'infiltrait par les interstices du plancher. Une chaleur suffocante se propagea dans la pièce.

– Feu, retourne à la terre, lança-t-il.

Mais cette fois le feu était le plus fort. Erwan bondit vers la fenêtre. C'était la dernière issue. Tel un funambule, il se glissa au-dehors, la canne serrée contre lui. Comme il regardait en bas, il lui sembla que le sol tournait. Il s'accrocha à une saillie et, progressivement, commença à descendre, collé à la paroi.

L'incendie gagnait du terrain, au point que Roland et les siens durent abandonner la tour. Celle-ci n'était plus qu'un brasier. Avec une agilité diabolique, Erwan poursuivait sa périlleuse descente. Mais la pierre devenait brûlante sous ses doigts. Loin, si loin en dessous, le ressac furieux battait les rochers noirs et luisants.

Soudain, un moellon se détacha sous la semelle du fugitif. Il resta d'interminables secondes à se balancer au-dessus du vide, suspendu par une seule main. Puis, d'un coup, lâcha. L'espace d'un instant, il parut planer dans les airs, avant de se recueillir en souplesse sur l'étroite langue de terre qui bordait le précipice. À peine étourdi, il se redressa et prit ses jambes à son cou. Il n'avait pas plus tôt trouvé refuge derrière un rocher que le Phare Squelette, rongé par les flammes, bascula dans le vide avec un craquement assourdissant. Ses débris calcinés s'abîmèrent dans l'eau sombre et il ne resta de son ancienne fierté qu'une souche de pierraille fumante.

– Tu pensais pouvoir nous fausser compagnie ?

Erwan fit volte-face. Roland le dominait, sourire aux lèvres, regard farouche. Il brandissait une fourche, prêt à frapper. Avant que le garçon en eût même conçu l'idée, la lame noire jaillit dans sa main. Il se fendit et transperça l'homme de part en part. Roland ouvrit la bouche plusieurs fois, puis, avec un juron, s'abattit en avant, raide mort.

Erwan le contempla, abasourdi. Ensuite il regarda l'épée logée dans sa main, incapable de comprendre ce qui venait de se passer. Comme si quelqu'un d'autre avait agi à sa place. Il n'eut guère le loisir de s'interroger davantage. Déjà, les hommes accouraient. Erwan tourna les talons et s'enfonça dans les ténèbres.

KEIRION

Maureen n'arrivait pas à trouver le sommeil. Dans la pièce voisine, elle entendait ses parents aller et venir, rongés par l'inquiétude. Elle avait bien tenté de leur parler, de les rassurer. Elle connaissait Erwan. Ce garçon était étrange, imprévisible. Parfois, il faisait même peur... Pourtant, Maureen savait qu'il n'avait fait aucun mal à son jeune frère. Il ne l'avait emporté que pour mieux le soigner, à l'écart du docteur Bishop et de ses maudites potions. Elle en était sûre.

Mais aucun argument n'avait déridé sa mère. Elle restait muette, prostrée au chevet de Davy, le regardant dormir. Seule lui tenait compagnie Fanny, la gouvernante acariâtre, dont le regard semblait chargé de reproches à l'égard de la jeune fille. Savait-elle ? L'avait-elle surprise bavardant avec Erwan ? Peu importait après tout.

Quant à son père, il guettait le retour des hommes. Il semblait hors de lui, frappant avec sa cravache tout ce qui se trouvait à sa portée. De toute évidence, Roland n'en avait encore fait qu'à sa tête. Maureen avait peur pour Erwan. Elle savait le régisseur capable de tout. Sa brutalité était notoire. Il traînait derrière lui maintes histoires louches. Elle savait que son père ne le tenait pas en haute estime. Mais il avait besoin de lui, de son expérience et de son ascendant sur les autres employés.

Maureen n'y tint plus. Jetant un châle sur ses épaules, elle se posta à la fenêtre. Elle avait beau scruter l'obscurité, elle ne distinguait rien, hormis une lueur rouge à l'horizon, vers l'ouest. Qu'est-ce que cela pouvait signifier ? On aurait dit un incendie. Elle commençait à redouter le pire quand un visage blême se matérialisa brusquement de l'autre côté de la vitre. Elle fit un bond en arrière, avant de réaliser qu'il s'agissait d'Erwan. Le soulagement succéda à la peur. Elle se hâta de lui ouvrir.

– J'avais si peur ! Que s'est-il passé ? Tu as du sang sur la joue.

– Demain, Davy ira mieux... à l'aube.

– Et toi ? Qu'est-ce qu'ils t'ont fait ? On dirait qu'il y a le feu, là-bas.

– Ou-oui, le feu. Le phare est en feu. Roland. Je me suis échappé.

– Mais ton oncle ?

– Mort... Il était ma-malade depuis longtemps. Il ne voulait pas que je le soigne. C'est peut-être mieux ainsi. Il n'a pas vu ce qui est arrivé, ses livres, ses travaux...

– Mon Dieu. J'ai l'impression que tout est de ma faute. Si je ne t'avais pas demandé de...

– Ce qui est fait est fait. Davy guérira s'il agit comme je le lui ai dit. Je vou-voulais te voir avant de partir.

– Tu pars ?

– Que… que faire d'autre ?

Maureen sentit les larmes lui monter aux yeux.

– Pou-pourquoi ?

C'était elle maintenant qui bégayait.

– Je dois, répondit seulement Erwan.

Maureen n'avait pas supposé un instant que l'idée de voir le jeune homme partir peut-être à tout jamais puisse lui causer un chagrin si vif. Elle posa un doigt sur ses lèvres, puis sur celles d'Erwan.

– Prends soin de toi. Pense à moi quelquefois, là où tu seras. Et n'oublie pas, où que tu sois, de faire le bien, de guérir ceux qui en ont besoin.

Erwan tourna la tête. Il ne devait pas s'attarder. Là-bas, les hommes revenaient par la route, portant leur compagnon mort.

– Oh, ce sont eux ! s'exclama Maureen.

– Adieu. On ne doit pas me trouver ici.

Erwan se laissa tomber dans la cour aussi silencieusement qu'une feuille morte. L'instant d'après, il n'était qu'une ombre parmi les ombres.

L'aube trouva le voyageur marchant d'un bon pas à travers les champs, ces champs irlandais vallonnés et verts, quadrillés de murets en pierre. L'herbe bruissait sous ses souliers et le soleil bas, perçant les nuages, semblait lui tracer la route. Le pays s'étendait à perte de vue, immobile et silencieux. Erwan avait pris la direction du sud, tournant le dos à Warglen. N'ayant aucune notion de géographie, il marchait au hasard, suivant son instinct. Pour la première fois, il quittait la lande. Cette liberté toute neuve l'emplissait d'une exaltation inconnue. Il était presque gai.

Il n'était pas pressé. Passait-il le long d'une falaise qu'il en profitait pour guetter quelque voile à l'horizon. Traversait-il un troupeau qu'il s'arrêtait pour observer les nouveau-nés gambader. Pourtant, quand le toit d'une ferme surgissait au détour d'une butte, il préférait faire un large crochet. De même, il évitait les grand-routes et se faufilait par les sentiers protégés des regards.

Il voyagea ainsi tout le jour sans rencontrer âme qui vive, se nourrissant de pommes et buvant l'eau des abreuvoirs. Peu avant le crépuscule, la masse sombre d'un bois se dessina devant lui. Il décida d'y passer la nuit. Il s'arrêta dans une clairière.

Craignant de signaler sa présence, il renonça à faire du feu. À cette heure, nul doute qu'il devait être recherché. L'idée d'être rattrapé, emprisonné, le terrifiait.

Il s'enroula dans son manteau et resta immobile au pied d'une souche, attentif aux bruits de la campagne. À peine si la fatigue avait engourdi ses membres. Il se mit à réfléchir. La première ivresse dissipée, toutes ses pensées s'en retournaient au Phare Squelette. L'Oncle lui manquait. Des souvenirs passaient à tire-d'aile : heures d'étude dans le grand salon, soupers à la lueur des chandelles, soirées dévolues aux échecs ou à la lecture, tandis que la tour craquait de toutes parts, secouée par la tempête. Jeux sur la grève quand arrivait le printemps. Et l'Oncle, pipe à la bouche, qui se voûtait année après année…

Avait-il été heureux durant ce temps ? Erwan n'en savait rien. Il s'était contenté de vivre au jour le jour, dans la monotonie et le silence. Il regrettait la lande. Il regrettait les falaises. Mais il n'avait pas envie de rebrousser chemin. Jamais plus il ne vivrait prisonnier. Il voulait parcourir le vaste monde. Devenir un homme.

Il eut soudain le sentiment de n'être plus seul. Un frisson avait agité les arbres, comme si le vent avait tourné. Sa main se referma instinctivement sur la canne à pommeau d'or.

– Holà ! Tout doux, mon jeune ami ! Je n'ai pas de mauvaises intentions…

Un cavalier écarta le rideau de buissons. Il était vêtu de hauts-de-chausses et coiffé d'un chapeau à larges bords. Son allure, l'élégance presque affectée de sa tenue indiquaient un gentilhomme. Sa figure était pâle et son regard pénétrant. Il mit pied à terre avec un petit geste pour soulager son dos des courbatures d'un long voyage.

– On n'y voit goutte, ici ! fit-il. Pour un peu je passais à côté de vous sans vous voir. Pourquoi diable n'avoir pas allumé de feu ? Ou êtes-vous quelque génie de la forêt ?

– Juste un voyageur, répliqua Erwan, notant que l'homme portait un objet dissimulé sous son manteau, sans doute une épée.

– Quel damné pays ! Pas très hospitalier. Il me tarde de retrouver mon chez-moi. Je suis parti depuis si longtemps que j'ai dû rater une douzaine de modes ! Ah, d'abord un peu de lumière, que diable !

Erwan observa l'homme qui décrochait une lanterne de sa selle. Sans qu'il eût besoin de se servir d'une allumette, elle répandit aussitôt une clarté bleuâtre.

– Voilà qui est mieux.

Devant le silence d'Erwan, il poursuivit sans s'émouvoir :

– Je vais à Keirion. Un navire m'attend. Je dois m'embarquer pour l'Amérique... C'est là-bas que je vis, dans une grande ville qui s'appelle Boston. Avez-vous entendu parler de l'Amérique, jeune homme ?

– Un peu.

– Un pays infini, neuf et riche, qui voit chaque jour affluer de nouveaux immigrants. Et vous, où allez-vous de la sorte ?

– Nulle part.

Le voyageur alluma une longue pipe.

– Fichtre, ça fait loin. J'ai omis de me présenter. Je suis le baron Murdink. À qui ai-je l'honneur ?

– …

– Méfiant, hein ? Vous n'avez pas tort. Après tout, sait-on ce qui se cache sous d'aimables apparences ? Au moins d'où venez-vous ?

– Du nord.

– Voilà qui est précis ! Ah, les gens de ce pays semblent sortis d'un autre siècle. À midi, je déjeunais dans une taverne. Des villageois parlaient d'un vieux phare qui avait entièrement brûlé la nuit dernière, du côté de Warglen. Ils étaient à la recherche de l'incendiaire, un sorcier voleur d'enfants qui aurait aussi tué un homme à ce qu'on dit. À les entendre, ils étaient prêts à le dépecer sur place. Drôles de gens, vraiment.

Le baron haussa les épaules comme si, après tout, cela ne lui faisait ni chaud ni froid.

– Avez-vous dîné, compagnon ? Je parie que non. J'ai dans mes fontes de quoi rassasier un régiment. Que diriez-vous de partager mon souper ? Je déteste manger seul.

Sans attendre la réponse, Murdink se leva et sortit de ses sacoches vin et victuailles.

Il encouragea Erwan à se servir. Avec prudence, celui-ci finit par céder aux appels pressants de son estomac, sans pour autant quitter l'homme des yeux.

Le baron désigna la canne :

– Compliments. Quel magnifique objet ! Et je suis un connaisseur. Je voyage beaucoup. La noblesse n'est plus une activité aussi lucrative qu'autrefois. Aussi me suis-je transformé en brocanteur. J'achète, je vends.

En faisant un sort au poulet, Erwan lâcha :

– La canne est à moi.

– Elle est d'une facture exceptionnelle. Me permettez-vous d'y jeter un œil ?

À contrecœur, Erwan laissa l'homme admirer la canne, en palper le bois poli, la gravure du pommeau. En actionnant le ressort, il fit jaillir la terrible lame. Erwan se raidit. Non loin, sur une branche basse, vint se poser un corbeau.

– Par exemple ! s'exclama Murdink. Je m'en doutais. Voilà un compagnon de voyage plutôt rassurant. Voyez-vous les runes inscrites ici, mon jeune ami ? À coup sûr, ce n'est pas un simple artisan qui a forgé cette merveille. Un elfe, peut-être, ou en tout cas, un initié des affaires d'Outre-Monde. On dit que de telles lames trouvent naturellement le cœur de l'ennemi, sans avoir à chercher.

– Je ne veux de mal à personne, répondit gauchement Erwan.

– Je n'en doute pas. Que pensez-vous de celle-ci ?

À la surprise du jeune homme, il extirpa de sous son manteau une canne toute semblable, dont seule la figurine ornant le pommeau présentait quelques différences notables.

– Magnifique aussi, n'est-ce pas ? Plus efficace et plus discrète qu'une épée ou un pistolet, et élégante en ville. Quelle coïncidence, n'est-ce pas ? Comment cette canne vous a-t-elle échu ?

– Je... je n'en sais rien. Elle appartenait à mon oncle. Je crois.

– Avez-vous toujours vécu en Irlande ?

– Nous sommes arrivés quand j'étais très jeune. Je n'ai pas souvenir des pays que nous avons traversés avant de nous installer ici.

– Et votre oncle, comment s'appelait-il ?

Erwan se referma comme une huître. Le baron railla :

– Oh, j'oubliais, vous voyagez incognito ! Au moins me direz-vous la route que vous suivez ?

– Pas de route, fit Erwan. Juste le vent.

– Mais le vent tourne et revient parfois sur ses pas. Pourquoi ne pas m'accompagner à Keirion ? C'est une vraie ville, avec des gens, de la musique... Un lieu plaisant, ma foi. Vous y feriez des découvertes. Et puis les routes ne sont pas très sûres. Avec ces paysans qui battent la campagne, prêts à s'en prendre au premier venu...

– Je vous remercie, baron. Mais je vais seul.

– Ce que j'en disais... Parfois, le destin est ainsi fait qu'il mène au même but par des voies détournées. Je vais donc me remettre en route. Avant minuit, j'aurai pris un bain de pieds salutaire et me serai couché entre deux draps propres. Et vous feriez bien d'en faire autant.

Keirion n'est qu'à quelques miles. Tenez, en vous remerciant pour votre compagnie.

Il jeta une petite bourse aux pieds du jeune homme. Erwan fit mine de la lui rendre.

– Allons, vous me vexeriez, assura le baron. N'avons-nous pas la même canne ? Nous appartenons à la même confrérie, sans que vous vous en doutiez. Et nous nous devons assistance. Au plaisir.

Sur ces mots, Murdink remonta en selle. Il lui adressa un dernier salut de la main et s'éloigna dans la nuit.

Après son départ, Erwan se trouva bien seul. Il jeta un coup d'œil dans la bourse. Elle contenait trois pièces d'or. Il les soupesa. Ce qu'elles valaient, il l'ignorait. Il possédait de l'argent pour la première fois de sa vie. Il regarda autour de lui, tenaillé par l'envie de rejoindre ce compagnon inespéré qui semblait l'avoir pris en amitié. Puis cette idée l'abandonna. La bonne nourriture et le vin lui avaient donné envie de dormir. Ce qu'il fit.

Peu avant l'aube, il entendit des voix. À travers les feuillages, il aperçut un groupe d'hommes qui traversaient les champs. Certains portaient des fourches. Sans perdre un instant, il piétina les braises encore chaudes et déguerpit.

Keirion n'était qu'un modeste port battu par les embruns, planté comme une mauvaise dent entre deux falaises grises. À longueur d'année s'entassait là une population de passage composée de marins, de voyageurs, de négociants en tous genres. Les rues populeuses, noyées de boue, serpentaient entre des bicoques en planches construites dans l'anarchie la plus totale.

Erwan dut se frayer un passage à travers la foule bigarrée. Des matelots ivres, bras dessus, bras dessous, tanguaient au hasard. Dans les recoins sombres, des hommes aux mines patibulaires traitaient quelque affaire sordide. Du haut des terrasses, des filles peu vêtues apostrophaient sans manière les passants. Erwan considérait cette effervescence avec curiosité, et aussi un peu de griserie. Ici, personne ne faisait attention à lui. Il pouvait aller et venir sans susciter de regards hostiles.

Après sa longue marche, il avait soif. Les pubs égrenaient leur litanie d'enseignes pittoresques tout au long de la rue principale. Il décida d'entrer dans l'un d'eux. C'était un tripot sordide, étouffé par la fumée de mauvais tabac, où un vieux piano scandait des refrains grivois.

Erwan se faufila parmi la clientèle turbulente. Les uns se saoulaient, les autres jouaient aux dés. Le jeune homme s'approcha du comptoir. Le patron, un Irlandais joufflu, le toisa sans aménité.

– Qu'est-ce que tu veux, vagabond ?

– Boire.

– Si t'as de quoi payer. Sinon dégage.

Erwan jeta une pièce. Pour ce prix, il lui fut servi une imposante chope de bière. Il ne songea même pas à réclamer sa monnaie.

À peine avait-il dessiné une moustache de mousse autour de ses lèvres qu'il fut intrigué par le tumulte qui provenait de l'arrière-salle. Emportant son bock, il se glissa parmi les badauds. Une grange annexe servait de véritable marché couvert. Sur des étals, brocanteurs et négociants entassaient toutes sortes de marchandises, bibelots, étoffes, ustensiles d'intérieur, essayant d'attirer le chaland. Erwan s'approcha d'une rangée d'horloges à coucou, fasciné par les mécanismes ingénieux.

Soudain, des cris affreux attirèrent son attention. De l'autre côté, on s'attroupait, on se bousculait pour voir. Erwan ne fut pas le dernier.

Un gras marchand vêtu à l'orientale, un turban autour du crâne, une longue badine à la main, avait disposé des animaux étranges sur des tréteaux, auxquels ils étaient solidement enchaînés. Tel un prestidigitateur, il faisait l'article de son nouvel arrivage, invitant les clients potentiels à regarder de plus près.

– Oui, ma belle dame, et toi, matelot ! Venez par ici. Ce que vous voyez là n'est rien. Non, rien du tout. J'ai conservé, enfermés dans de solides cages, d'autres spécimens plus effrayants, plus extraordinaires encore ! Voyez cette taupe à bec de canard, et ce lapin qui marche comme un homme, oui… Et encore celui-ci ! Recueillie dans une île sans nom au sud de l'Inde, voyez plutôt cette bête immonde, oubliée par les âges ! Un véritable démon ! Approchez donc !

D'un coup sec, il arracha une bâche, découvrant un petit animal parfaitement repoussant, qui allait et venait dans sa cage en bavant et en roulant des yeux. L'assistance eut un mouvement de recul. Nul n'aurait su dire ce qu'il y avait du singe et du crapaud dans cette erreur de la nature à la peau squameuse, à la tête ronde, aux lèvres pendantes, qui faisait claquer sa longue queue comme une lanière de fouet. Sa respiration saccadée trahissait sa peur, sa colère. Erwan remarqua que la bête portait un collier de pointes autour du cou, et qu'un filet de sang coulait sur son poitrail. Il frissonna de dégoût.

– Parfaitement ! s'égosillait le montreur de merveilles. N'est-elle pas laide à faire peur ? Ne la dirait-on pas vomie par l'enfer ? Elle vient d'un monde reculé, une jungle impénétrable aux hommes et à Dieu... Là-bas, elle est crainte et vénérée par les indigènes. L'explorateur qui l'a découverte – il est mort, paix à son âme, égorgé par cette créature – l'a baptisée Morglaf. Oui, mes amis ! Un Morglaf, un spécimen unique ! Allons, excitez-le un peu ! Vous allez voir comme vous ne regretterez pas d'avoir ces barreaux entre lui et vous.

Des matelots jetèrent des trognons de pomme, des œufs et tout ce qui leur tombait sous la main.

Il n'en fallut pas davantage pour que le Morglaf entrât dans une colère folle, montrant ses dents et secouant vigoureusement sa cage. Sa rage était si effrayante à voir que les plus hardis des hommes cessèrent instantanément leurs jeux.

Le marchand se tenait les côtes.

– Je vous l'avais bien dit ! Et toi là, un peu de calme ! Tu effraies tout le monde...

Avec sa badine, il infligea une volée de coups au Morglaf. Bien que cette chose fût la laideur personnifiée, Erwan ne put davantage contenir sa colère. Bousculant ceux qui étaient devant lui, il saisit le poignet du marchand et lui fit lâcher son instrument de torture.

– De quoi te mêles-tu ? Occupe-toi donc de tes affaires ! Je travaille, qu'est-ce que tu crois...

Mais Erwan maintint sa prise. La figure du marchand prit une vilaine teinte bleue.

– Cet animal est blessé. Soigne-le.

– Soigner ça ! bredouilla l'homme. Cette horreur ? Mais ce n'est même pas un animal !

– Je l'achète.

– Quoi ? Tiens-tu si peu à la vie ? Ce monstre n'est pas à vendre ! C'est mon gagne-pain ! Mon truc pour attirer les badauds.

– Je l'achète, répéta Erwan.

– Dix livres ! Lâche-moi, sacré nom, tu fais fuir les clients...

Voyant la tournure que prenaient les événements, l'assistance s'éparpillait. Ici, on n'aimait guère se mêler des affaires d'autrui.

– J'ai de quoi payer, répondit Erwan en desserrant son étreinte.

Le marchand se releva en titubant. Son épaule lui semblait prise dans un étau. L'espoir de conclure l'affaire lui fit ravaler sa rancœur.

– Toi alors, tu en as une poigne... Hem... C'est que... il va me manquer ce Morglaf. Il attire les gogos. Il bave, il braille, il montre les dents mais ce serait me priver de... hem... Disons, vingt livres ?

Erwan le toisa d'un air mauvais. Il sortit une pièce.

– Je te donne tout ce que j'ai.

L'homme croqua dans la pièce.

– De l'or ? D'où sors-tu un tel trésor ? Allons, vous autres, ne partez pas ! Regardez un peu ce que j'ai là ! N'est-ce pas mignon ? Ce sont des chats exotiques, comme vous n'en avez jamais vu ! Ils ont trois pattes, oui, c'est comme ça ! Et ce perroquet ! Il parle arabe ! Tiens, toi, pour cinq livres, je te laisse le perroquet.

Irrémédiablement, le vide se faisait. Erwan secoua la tête. Une colère sourde commençait à l'envahir et contrairement à l'ordinaire, les mots lui venaient de plus en plus facilement :

– Je veux le Morglaf. Rien d'autre. Et un bon conseil, mon ami, accepte mon offre. Vite.

Le marchand roula des yeux.

– Tiens donc ! Milord donne des ordres, par-dessus le marché.

Par mégarde, Erwan découvrit la canne qu'il avait tenue tout ce temps dissimulée sous son manteau. Aussitôt, l'homme changea de figure.

– Oh là ! Allons mon garçon, aucune raison de se fâcher pour si peu. Tu veux cette horreur ? Après tout, pourquoi pas ?

Erwan fut un peu surpris par son revirement mais, sans se poser davantage de questions, il s'empara de la cage et tourna les talons.

– Sacrée affaire que tu as faite là, lui lança le commerçant. Si j'ai un conseil à te donner, mon garçon, ne laisse pas traîner tes doigts, ou il en fera son déjeuner !

Erwan éleva la cage. Le Morglaf découvrit ses crocs, en forme de mise en garde.

– Bon. Nous sommes faits pour nous entendre.

Sur ces mots, il se fraya un passage vers la sortie. Sans remarquer les deux aigrefins qui, échangeant des regards entendus, se glissaient dans son sillage.

DÉPART PRÉCIPITÉ

Pas mécontent de retrouver l'air vif du dehors, Erwan dénicha un endroit à l'écart, au fond d'une ruelle, et posa la cage sur un tonneau. Comme il tentait d'en examiner le pensionnaire, celui-ci s'accrocha aux barreaux et claqua des mâchoires, l'air mauvais. Erwan recula. Qu'allait-il bien pouvoir faire d'un tel associé ? Il avait agi sous le coup de l'indignation, de la colère, sans mesurer les contraintes qu'imposerait une telle compagnie. Comment le nourrir ? Comment l'apprivoiser ? Vindicatif, le Morglaf le dévisageait, la gueule dégoulinant de bave. Il devait s'attendre à subir d'autres coups. Le garçon s'efforça de l'apaiser.

– Laisse-moi examiner tes blessures. Tu n'as rien à craindre. Je suis un peu docteur.

La bête parut réfléchir, secoua sa tête biscornue et lui tourna le dos. Les coups de badine répétés avaient strié sa peau de fort vilaine façon. Erwan hésita. Que se passerait-il s'il ouvrait la cage ? Le marchand avait-il menti en affirmant que cette créature avait égorgé son ancien propriétaire ? Elle feignait l'indifférence. Invitation ou ruse ? Erwan pesait le pour et le contre quand une voix rauque s'éleva :

– Maaaal...

Erwan resta coi. Il n'avait jamais vu d'animal doté de parole.

– Tu comprends ce que je dis ? De quelle espèce es-tu ?

– Ar-Prohin-Dall.

Erwan frémit. Cette langue étrange, il la connaissait. Il répondit sur le même mode :

– Sim-uhj-kirien. Nous ne sommes pas si différents, au fond. Pourquoi n'avoir pas montré que tu parlais ?

– Sinon cirque, répondit la gargouille. Moi démon vénéré dans la jungle. Pas attraction.

– Non ? Tu préférais recevoir des coups ?

– Marchand battre Morglaf de temps en temps, mais donner pitance. Et Morglaf besoin beaucoup pitance.

– Je ne sais rien des démons. Mais tu me sembles bien petit pour ça... Et un vrai démon ne se laisserait pas mettre en cage si facilement !

Une étrange expression passa sur la figure du Morglaf.

– Toi rien connaître des pactes. Rien connaître du tout. Plusieurs siècles passés sur ma carapace ! Et démons comme chaussures : toutes tailles !

– Si tu es ce que tu dis, quel pouvoir as-tu ?

– Morglaf avoir pouvoir. Toi savoir en temps utile.

Avec précaution, Erwan détacha le cadenas.

– J'ouvre. Si tu essaies de mordre, je t'assomme.

Le Morglaf ne réagit pas. Erwan tâta ses blessures. Certaines avaient pris un vilain aspect. À sa respiration haletante, le jeune homme devina que la bête souffrait. Quand il effleura le collier à pointes, elle émit un grondement sourd mais le laissa faire. En un tournemain, il l'en débarrassa. Puis il caressa avec douceur les plaies encore suintantes. Le Morglaf plissa les yeux et parut sombrer dans la plus complète félicité. Erwan hocha la tête.

– Je n'ai jamais eu d'animal à moi. Encore moins un démon ! Qu'est-ce que tu manges ?

La gargouille souleva une paupière. À cet instant précis, une grosse blatte eut la mauvaise idée de sortir du tonneau en agitant ses antennes. La longue queue s'abattit avec le claquement d'une lanière et propulsa l'insecte dans la gueule grande ouverte.

– Burp !

– Affaire réglée, nota Erwan. Seulement, je ne pourrai peut-être pas te garder. Je dois partir d'ici.

Le Morglaf semblait reprendre peu à peu ses esprits.

– Gentil maître pas abandonner moi dans monde hostile. Arrh ! Cafard continuer de courir dans estomac !

Erwan leva les yeux au ciel.

– Dégoûtant.

– Toi avoir prononcé parole magique ! Morglaf désormais en ton pouvoir ! Te suivre partout.

– C'est ce que nous verrons...

– Maître connaître deux vilaines faces cousues comme jambons ?

Depuis un instant, l'animal fixait l'extrémité de la ruelle. Erwan fit volte-face. Les deux aigrefins jusque-là cachés avancèrent d'un pas dans la lumière. Ils étaient armés de sabres courts.

– On peut t'aider, mon garçon ? lança le plus costaud.

– Oui. On peut même sûrement t'aider, bêla l'autre, plus petit, le visage traversé par une cicatrice. Tu sembles perdu.

– En récompense, on ne te demandera que cette jolie canne que tu caches là-dessous.

– Oui. La canne, la canne à pommeau d'or.

Erwan les dévisagea à tour de rôle. Il n'avait pas peur. Au contraire, la colère montait en lui, cette même colère noire, haineuse, qui l'avait étreint l'autre nuit... C'étaient de tels hommes qui lui avaient donné la chasse. De tels hommes qui avaient mis le feu au phare. Un tourbillon de pensées terrifiantes, de supplices immondes, de vengeance sans pitié traversa son esprit en sifflant. Sa moitié noire, monstrueuse, remonta à la surface de sa conscience. Sans doute cette métamorphose se lut-elle sur son visage car le sourire narquois des deux compères s'effaça.

– Ne fais pas l'idiot, prévint le gringalet en passant son sabre d'une main dans l'autre. Donne la canne et on te laissera la vie. D'ailleurs, un tel bijou ne peut t'appartenir, allons, avoue ! Tu es trop jeune. Tu l'auras dérobé et ce n'est pas voler que de voler un voleur…

Les prunelles d'Erwan s'étrécirent jusqu'à n'être plus que deux fentes blanches. Les deux hommes s'avancèrent encore. En un clin d'œil, Erwan fit tournoyer la lame noire. Elle semblait comme animée d'une vie propre. Décrivant une rapide arabesque, elle transperça le bras du costaud. Celui-ci poussa un cri et tomba. Le gringalet se porta à la rescousse, tailladant rageusement l'air avec son sabre. Erwan esquiva par de simples mouvements de poitrine. Il était plus souple, plus vif, bien que n'ayant aucune science du combat. Il saisit son adversaire par le bras et le lui tordit sèchement. La lame lui échappa. Erwan la brisa sous sa botte et projeta l'aigrefin contre le tonneau. Les mâchoires du Morglaf claquèrent, ratant de peu son oreille. À la vue de l'animal, l'homme poussa un cri aigu. Déjà, Erwan l'avait saisi à la gorge et le soulevait de terre.

– C'est vrai que tu as l'air d'un jambon.

Il l'aurait sûrement étranglé si, fort opportunément, il n'avait senti quelque chose de visqueux grimper sur son épaule et murmurer à son oreille :

– Colère… Pas bon… Gentil maître laisser partir petit bonhomme. Trop salé.

Erwan relâcha sa terrible étreinte. Le voile noir devant ses yeux se dissipa. Le Morglaf entortilla sa longue queue gluante autour de son cou. Il dégageait une odeur épouvantable.

– Lâcher petit bonhomme, répéta-t-il.

Erwan se rendit à l'avis de son compagnon. Les deux malandrins en profitèrent pour s'enfuir à toutes jambes, se soutenant l'un l'autre. Le jeune homme exposa son visage à la pluie fine qui commençait à tomber. Il retrouvait peu à peu son calme. L'ombre se retirait. Il rengaina la lame.

– Mal disparu... constata le Morglaf. Certainement toi sorcier. Sorcier toujours besoin démon personnel. Pour tâche ingrate et bon conseil...

Erwan regarda autour de lui.

– Mieux vaut ne pas rester là.

Comme ils arrivaient sur le port, l'attention d'Erwan fut attirée par une affiche, rédigée en termes nets et précis : « Recherché pour meurtre et enlèvement d'enfant le nommé Erwan Korvander de Warglen. Tout renseignement à porter à la connaissance du landlord Murray O'Reilly. Récompense. »

Dessous, il y avait un croquis. Le Morglaf retroussa ses babines.

– Jamais vu.

Machinalement, Erwan jeta un coup d'œil autour de lui. Mais nul ne leur prêtait attention. Bien qu'il fît encore nuit, les quais grouillaient de monde. À la lueur des lampes, les dockers chargeaient les marchandises à bord des navires. Les équipages veillaient aux derniers préparatifs avant l'appareillage. La marée n'attend pas. En d'autres circonstances, le jeune homme eût été fasciné par toute cette agitation. Il avait tant rêvé pouvoir approcher ces grands trois-mâts qu'il voyait parfois passer au large du Phare Squelette. Hélas, il ne pouvait se permettre de s'attarder. Il devait quitter le pays au plus vite.

– Tâchons de nous faire embaucher. Toi, reste sous mon manteau. À coup sûr, si l'on te voit, nous sommes bons pour rester à quai…

Pour la forme, le Morglaf protesta, ronchonna, bava, mais en définitive, il accepta de disparaître pour un temps, non sans avoir arboré sa mimique la plus indignée. Erwan fit le tour des navires, proposant ses services contre un passage pour… n'importe quelle destination, pourvu qu'elle mette une certaine distance entre l'Irlande et lui.

Mais ses démarches se soldèrent par un fiasco. Les matelots le dévisageaient avec défiance, se signant ou crachant ostensiblement dans sa direction. Il avait presque renoncé lorsqu'un marin vêtu de haillons, au visage hâve, s'inclina devant lui :

– Êtes-vous le seigneur Erwan Korvander ?

Erwan le toisa, soupçonneux. Comment avait-il pu être reconnu dans cette foule ? Le bonnet à la main, l'homme semblait attendre la réponse avec respect.

– « Seigneur » est peut-être de trop. Que-que me voulez-vous ?

– Mon maître m'envoie vous dire qu'il serait ravi de vous avoir à son bord.

Erwan tiqua. C'était trop beau. Au même instant, il avisa deux policiers qui semblaient fureter parmi les caisses de marchandises.

– Comment s'appelle votre maître ?

– C'est que... je ne puis le nommer.

Curieuse réponse. Mais Erwan n'avait pas le temps de questionner plus avant. L'un des agents avait arraché l'affiche et regardait tout naturellement autour de lui... Il dut croire à la bonne fortune en avisant ce jeune étranger, à quelques pas de là, dont le profil correspondait tant au signalement.

– Eh vous, là !

Le matelot ne se troubla pas.

– Suivez-moi.

Promptement, il se fraya un chemin parmi la cohue. Erwan lui emboîta le pas. Derrière eux, un coup de sifflet retentit. Par chance, le petit homme connaissait le port comme sa poche. Il entraîna le jeune homme dans une ruelle et là, à l'abri d'un recoin sombre, ils attendirent de se faire dépasser par leurs poursuivants. Le matelot allait repartir quand Erwan le saisit par le bras.

– C'est moi qu'ils cherchent. Vous devriez me laisser.

– Non, seigneur. J'ai reçu ordre de mon maître de vous éviter tout ennui.

Erwan ne put rien en tirer d'autre. Son guide le conduisit jusqu'à un wharf[1] isolé.

– Où allons-nous ?

Le messager tendit le bras vers une goélette sombre et massive qui avait jeté l'ancre à l'écart des autres bâtiments, tous feux éteints. Le Morglaf, cédant à sa curiosité naturelle, mit le nez dehors et poussa un couinement réprobateur.

– Pas navire, ça. Juste épave.

Erwan n'était pas loin de partager son sentiment : le rafiot semblait avoir sillonné vingt fois tous les océans du globe. La coque était labourée d'éraflures, la voilure et le gréement hors d'âge. La proue figurait une créature mi-femme, mi-rapace, à laquelle vents et embruns avaient sculpté un étrange sourire.

– Aucune crainte à avoir, je vous assure, seigneur.

Le guide avait déjà pris place à bord d'une embarcation et détachait son amarre. Comme Erwan hésitait encore, de nouveaux coups de sifflet percèrent le silence, non loin. Aucun doute, l'alerte générale avait été donnée. Les policiers étaient sur ses traces.

– Allons-y, décréta Erwan.

1. Appontement qui s'avance dans la mer pour permettre aux navires d'accoster.

Il sauta dans l'esquif. Le matelot saisit les rames et se mit à souquer avec une vigueur telle qu'en un clin d'œil, ils s'éloignèrent du bord et se fondirent dans la nuit. Quelques instants plus tard, ils accostaient le navire. Erwan put lire son nom en partie effacé : *Le Fingal*.

– Seigneur, si vous voulez vous donner la peine…

Passant outre les récriminations du Morglaf, Erwan grimpa à bord. Aussitôt, il fut cerné par un groupe d'hommes en guenilles, aux visages blêmes, inexpressifs. Sur le qui-vive, le jeune homme porta la main à sa canne.

– Ne craignez rien, mon cher ami ! lança soudain une voix familière. Ils sont juste un peu idiots. Mais ce sont de braves gens. De bien braves gens.

Interloqué, Erwan fit volte-face.

– Baron Murdink ?

Debout sur la dunette, le personnage partit d'un éclat de rire.

– Ma foi, j'étais sûr que nos chemins se croiseraient à nouveau. Sur le port, les nouvelles vont vite. J'ai entendu dire que vous aviez quelques difficultés à trouver place à bord d'un navire.

– En effet, mais…

– Les marins sont gens superstitieux. Un rien les effraie.

Il fit un geste. Aussitôt, le mystérieux équipage se dispersa, sans même un murmure. Erwan dévisagea le baron avec étonnement.

– Ce navire vous appartient ?

– D'une certaine façon. Disons que Maître Horvath, que j'ai envoyé à votre rencontre, est une vieille connaissance. Je voyage toujours à son bord lorsque des affaires m'appellent au loin. Allons, capitaine ! Donnez les ordres ou nous raterons la marée…

Maître Horvath, qui durant les présentations s'était tenu en arrière d'Erwan, s'inclina respectueusement. Aussitôt, les matelots fantomatiques parèrent à la manœuvre. L'ancre fut promptement levée et les voiles déployées, tout cela dans un silence impressionnant. Blotti contre son maître, le Morglaf maugréa :

– Pas bon vent, pas bon vent ! Bateau pourri et équipage mangé par le sel !

Le baron descendit de son poste et vint serrer la main de son passager.

– C'est un plaisir que de faire ce voyage en votre compagnie. Ainsi vous avez finalement décidé de votre destination ?

Avait-il eu vent de l'avis de recherche placardé sur le port ? Ce n'était pas impossible.

– Les circonstances, répondit Erwan en lorgnant du côté du capitaine.

Mais celui-ci avait pris la barre et ne se souciait plus de lui. Le Morglaf profita de l'occasion pour sortir de sa cachette et tout naturellement se jucher sur l'épaule de son maître. Il examina le baron d'un œil soupçonneux.

– Oh-oh ! Qu'avons-nous ici ? Un passager clandestin ?

– Moi démon. Pas clandestin passager !

– Pfff… fit le baron en ajustant un monocle et en le toisant de la tête aux palmes. Un démon, vraiment ? Belle affaire que vous avez faite là, mon jeune ami. En effet, la chose est possible. Mais il appartient certainement à la plus basse des catégories. Rien de plus qu'une simple gargouille locale. Nous autres antiquaires avons l'habitude d'examiner de tels spécimens. Un Morglaf, si je ne me trompe… Même si celui-ci semble avoir développé son vocabulaire…

Coupant court à la riposte de l'animal outragé, Erwan s'empressa de demander :

– Ils existent donc ? Je veux dire : les démons ? Ce ne sont pas que des fables, des inventions de livres ?

– Les livres n'inventent jamais rien.

– Je ne sais rien des démons.

– Je prétends avoir quelques connaissances en ce domaine. Voyez-vous, ils sont très différents les uns des autres, selon les pactes qui les lient et le rang qu'ils occupent dans la hiérarchie. Ils ne vivent pas vraiment dans notre monde. Une sorte de frontière invisible existe entre eux et nous. De temps à autre, ils la franchissent, pour peu qu'ils y trouvent un quelconque intérêt ou pour répondre à l'appel de quelque initié, un sorcier, un magicien, bref, un homme qui sait les dominer. L'exercice est périlleux, mais il procure des satisfactions.

Allons, je veux bien convenir que cette chose soit un démon. Et puis cela semble tellement lui tenir à cœur…

Sur ces paroles, il tenta de gratter amicalement le menton du Morglaf. Les mâchoires de l'animal claquèrent avec un bruit sec et il n'eut que le temps de retirer sa main.

– La marée est excellente, éluda le baron. Nous serons vite en haute mer.

La goélette mit cap à l'ouest. Accoudé au bastingage, Erwan regarda l'aube se lever et elle lui parut très différente de toutes celles qu'il avait contemplées jusqu'ici. Et tandis que les falaises s'estompaient progressivement dans le lointain, il eut l'impression de seulement commencer à vivre.

À BORD DU FINGAL

À coup sûr, *Le Fingal* était un curieux navire. Aucun vent contraire ne semblait pouvoir entraver son avance. Il survolait les flots à la vitesse d'un coursier au galop. Toujours efficace, l'équipage vaquait aux occupations du bord sans le moindre repos. Pas question de quart, ni de relève. Rares étaient les moments de désœuvrement où ces hommes sombres, mal vêtus, se retiraient dans l'entrepont.

Qui étaient-ils ? De quel pays venaient-ils ? Avaient-ils un foyer en Amérique, de la famille ? Erwan aurait voulu les questionner, mais ils s'esquivaient sitôt qu'il tentait d'en prendre un à part. Une chose était sûre : ils craignaient Murdink. S'ils étaient peu bavards, leur regard en disait long quand le baron apparaissait sur la dunette. C'était lui le véritable maître à bord. Horvath ne faisait office que de bosco, dirigeant la manœuvre et partageant le sort résigné des autres.

Les jours s'écoulaient, semblables les uns aux autres, rythmés par le tangage régulier. Erwan avait élu domicile à la proue, d'où il contemplait à toute heure l'horizon infini, dressé comme un oiseau de proie que giflait l'écume. À peine s'il dormait. Il avait hâte de voir ce nouveau pays dont le baron lui parlait sans cesse. Quand le Morglaf ne partait pas en quête de pitance dans les cales, il lui tenait compagnie, silencieux et renfrogné. Erwan avait fini par s'accoutumer à sa présence, jusqu'à en oublier son odeur repoussante et ses manières vraiment peu conviviales. Mais sitôt que le baron approchait, l'animal déguerpissait. De toute évidence, il nourrissait à son égard une animosité persistante, sur laquelle d'ailleurs il ne voulait donner aucune explication.

Erwan lui-même ne savait que penser de Murdink. Il flottait autour du personnage un halo de mystère. Certes l'homme était en toutes circonstances courtois et attentionné. Il ne faisait aucun doute qu'il mettait un point d'honneur à veiller au confort de son invité. Cette sollicitude même n'était pas sans éveiller le soupçon. Maître Horvath avait dû l'informer des circonstances de leur départ. Il ne devait pas ignorer qu'Erwan était recherché. Pourtant, il agissait comme si de rien n'était. Pourquoi ? Discrétion ou indifférence ?

D'ordinaire, ils prenaient leur repas ensemble sur la dunette, en plein air. C'était l'occasion d'interminables discussions. Murdink était intelligent, cultivé. Il avait beaucoup voyagé et semblait prendre plaisir à partager son expérience. Sur lui-même pourtant, il était peu disert. Le treizième soir, alors qu'il était question de toucher terre sous peu, il proposa à Erwan de venir souper dans sa cabine. C'était la première fois.

Les appartements du baron offraient un luxe et un confort inouïs. Sur les murs molletonnés s'étalait une collection de tableaux de maîtres et de riches miroirs. Des coffres repoussés pêle-mêle dans un coin regorgeaient de richesses. De magnifiques bibelots s'entassaient sur les étagères. Impressionné, Erwan ne savait où donner du regard.

– Entrez, mon jeune ami !

Le baron, vêtu de pourpre et de noir, était assis à l'extrémité d'une longue table débordant de victuailles. La vaisselle, les chandeliers, tout était en or massif.

– J'ai déjà soupé. Ne vous occupez pas de moi. Soyez ici chez vous.

Erwan prit place en face de lui. Il hésita, puis finalement se résolut à manger. Murdink l'observait avec une sorte de bienveillance amusée. Erwan n'y tint plus :

– Pourquoi faites-vous tout ça pour moi ? Vous ne savez pas qui je suis, ni pourquoi j'ai dû partir de chez moi...

Murdink se délecta d'un sourire, comme s'il attendait ce moment avec impatience.

– Au contraire, mon jeune ami, je sais tout vous concernant et bien davantage. Vous vous interrogez sur les raisons qui m'ont poussé à ne pas vous dénoncer, mieux encore à vous permettre de quitter l'Irlande ? Si je vous disais... la compassion ? La curiosité ?

– J'ai réellement tué un homme. Et je ne le regrette pas. Il était mauvais.

– Et c'est vous aussi qui avez enlevé cet enfant ?

– En effet.

Murdink parut savourer cet aveu.

– Il serait mort si je ne l'avais pas fait, s'empressa d'ajouter Erwan. Je voulais le sauver, le guérir.

Le sourire du baron s'effaça.

– Le guérir ? Quelle drôle d'idée !

– Il était malade. Je crois que je possède un certain don pour guérir les gens.

Murdink se servit du vin, perplexe.

– Le don de guérir ? Voilà qui est curieux. Au fait, avez-vous l'intention de conserver ces vieilles frusques ? N'aimeriez-vous pas plutôt... celles-ci ?

Du bout de la canne, il sortit d'un coffre un habit bleu galonné d'or.

– Celui-là vous irait à merveille, je pense. Mais j'en ai d'autres.

Erwan secoua la tête.

– Je vous remercie de vous soucier de moi. Mais je préfère garder ce que je porte.

Le baron haussa les épaules.

– À votre guise. Mais, en enlevant cet enfant, vous avez bien dû ressentir... je ne sais pas... une envie sourde de lui faire du mal, de vous débarrasser de lui ? Non ?

– J'avais cette curieuse impression qu'il n'était rien entre mes mains.

– Bien sûr, bien sûr… Notre rencontre n'a rien d'une coïncidence, savez-vous ?

– Que cherchez-vous ?

– J'ai fait un long voyage pour vous retrouver, je connaissais votre mère…

Erwan le dévisagea, sidéré.

– Ma mère ?

– Je parie que vous ne savez rien d'elle. Élevé par ce vieux fou de Théophylus, comment sauriez-vous quoi que ce soit ?

– Parlez-moi de ma mère !

– Elle s'appelait Avena. Elle était merveilleusement belle. Elle avait vos cheveux noirs, vos yeux clairs aussi. Elle était riche, capricieuse. Des dizaines de prétendants se pressaient chaque jour à sa porte. J'en étais, je l'avoue. Mais elle ne m'était pas destinée. Son frère Théophylus la détestait. Oh, c'était un esprit brillant, mais cette vie de futilité lui faisait horreur. Il préférait vivre à l'écart, tandis qu'Avena régalait les potins de ses frasques.

– Oncle Théophylus m'a élevé. Je lui dois tout. Mais il ne m'a jamais rien dit de sa vie, de son passé. Il semblait toujours sur ses gardes, à redouter un danger…

– Je le connaissais. C'était un savant, un universitaire qui n'a pas eu la carrière dont il rêvait. Il était envieux, et malade. Il vous a volé, entendez-vous ? Il vous a arraché des bras de votre mère alors que vous n'aviez que quelques jours, et elle en est morte de douleur…

– Je ne peux croire qu'Oncle ait agi ainsi. Il devait avoir une raison.

– La haine. La jalousie. Depuis tout ce temps, nous n'avons eu de cesse que de vous retrouver.

– Nous ?

– Nous sommes nombreux à désirer votre retour. Moi, je ne suis qu'un émissaire. J'appartiens aux Compagnons du Trône.

– Les Compagnons du Trône ? Qui sont-ils ? Et de quel trône s'agit-il ?

– Il s'agit d'un cercle d'amis qui occupent des fonctions diverses à travers le monde. Votre mère était des nôtres. Mieux encore. Elle était notre reine. À sa mort, elle nous a confié la tâche de vous retrouver et de prendre soin de vous. Depuis tout ce temps, je suis sur la trace de Théophylus… Le hasard a voulu qu'il succombe peu avant mon arrivée.

– Voici donc pourquoi il était toujours sur le qui-vive ? Pourquoi il m'empêchait d'aller au village ?

– Pauvre garçon. Votre existence a dû être bien sinistre auprès d'un tel monstre. Maintes fois nous avons cru mettre la main sur lui. Mais il était habile et savait déjouer nos recherches, changeant de pays, ou d'identité. Vous ne devez pas regretter sa mort. Croyez-moi. Il était à moitié fou, passant son temps à étudier de vieux grimoires et prétendant exorciser le monde de ses diables !

– Oncle étudiait, c'est vrai, se souvint Erwan. Il passait des nuits entières dans sa bibliothèque. Il ne me laissait jamais entrer. Sauf le soir où il est mort.

– Ainsi, ce vieux fou n'avait pas renoncé à ses maudits travaux… Vous avez de la chance. Votre raison a survécu à cet environnement malfaisant. Vous ne devez pas regretter sa mort : elle vous a rendu la liberté. Car vous êtes libre, à présent, et l'avenir vous est grand ouvert. Vous n'imaginez pas avec quelle impatience nous attendions cette heure. Ah, vous êtes le digne fils d'Avena, plein d'audace, de tempérament. Les Compagnons du Trône vont…

– Parlez-moi plutôt de mon père, coupa Erwan.

– Votre père ? Eh bien en vérité, nul ne sait qui il est. Avena menait une vie très libre et, parmi ses amants, j'ignore lequel a eu le privilège de vous concevoir. Vous ne devez pas la juger mal. Ainsi que je vous l'ai dit, elle était jeune et charmante. Elle aimait briller, se montrer à tous les bals, exaspérer ses soupirants. Son dernier souhait a été que nous vous ramenions chez vous, à Carvanon.

Erwan eut un haut-le-corps.

– Carvanon ?

– Avez-vous entendu ce nom auparavant ?

– Une fois. Une fois seulement.

– Carvanon est le nom du manoir qui vous revient de droit. Celui de votre mère. Là où elle est enterrée. Il se trouve à une vingtaine de miles au nord de Boston. Je suppose que vous serez pressé de le voir. Dès notre arrivée, je me ferai une joie de vous y conduire.

Erwan secoua la tête.

– Non. Je ne peux aller à Carvanon.

– Oh ? Et pourquoi donc ? Avena Korvander est votre mère. Elle vous a légué cet endroit. C'est là-bas que vous retrouverez sa trace, sa mémoire et vos biens ! Entouré par nos soins, vous n'aurez plus rien à redouter de la vie. Nous sommes nombreux. Nous vous aimons. Le pays est neuf. Nous ferons de vous quelqu'un de puissant et de respecté…

Erwan se leva brusquement.

– Je ne veux être aimé de personne. Et je n'irai pas à Carvanon.

Une lame ébranla violemment la coque.

– Une tempête approche, observa Murdink. Étrange, n'est-ce pas ? Rien ne la laissait prévoir. Voyons, mon jeune ami. Vous devez vous rendre à la raison. Carvanon est votre destinée, votre but. Nous attendons tous votre retour depuis si longtemps… D'ailleurs, vous n'avez pas le choix. Vous devez obéir à la dernière volonté de votre mère.

– Je n'ai pas connu ma mère. Et j'ignore si votre histoire est vraie.

– Voyons, Erwan. Je vous assure. Il vous faut m'accompagner.

– Non, répondit sèchement le garçon.

Derrière la porte entrouverte, il lui sembla qu'un glissement furtif venait de se produire.

Erwan sentit leur présence, leurs regards briller dans l'ombre. Les hommes d'équipage… Quand ils se ruèrent dans la cabine, il avait déjà bondi hors d'atteinte. Il gronda à la façon d'un fauve acculé. Au-dehors, le tonnerre éclata avec le vacarme assourdissant d'une meule de pierre broyant le grain.

– Ne lui faites aucun mal ! lança Murdink. Aucun !

Le cercle blême se refermait sur Erwan lorsque le navire plongea soudain vers l'avant. Déséquilibrés, les matelots trébuchèrent. Murdink lui-même fut renversé de son fauteuil. Profitant de la confusion, le jeune homme bondit sur la table et se précipita contre la fenêtre, sa précieuse canne en avant. Sous l'impact, la vitre vola en éclats. Erwan plana un instant dans les airs, puis l'eau glacée se referma sur lui comme une mâchoire. Il eut peine à revenir à la surface tant le courant était violent. Il eut tout juste le temps de voir les feux du *Fingal* disparaître dans la nuit. Par-delà le hurlement de la mer déchaînée, une voix clama :

– Attends, garçon ! Tu ne sais pas tout ! Reviens !

Erwan n'en entendit pas davantage. Déjà une muraille liquide se dressait au-dessus de lui. Il pensa que sa dernière heure était venue.

BOSTON

La masse l'engloutit, puis le recracha dans un tourbillon d'écume. Suffoquant à demi, Erwan chercha à se maintenir à la surface. Mais la houle creusait sous lui des abîmes effrayants qui menaçaient de l'aspirer à tout moment.

Soudain, quelque chose jaillit du bouillonnement et lui sauta au cou. Il poussa un cri, leva la canne qu'il n'avait pas lâchée pour assommer son agresseur, quand il reconnut le Morglaf. Cramponné au col de son jeune maître, l'animal claquait des dents, toussait et crachait tout à la fois.

– Bouark ! Eau salée. Bouark !

Erwan aurait bien voulu savoir ce qu'il faisait là, mais l'heure n'était pas aux bavardages. Un éclair déchira le ciel d'encre. Autour des deux naufragés, la mer n'était plus qu'une immense déferlante.

Combien de temps la lutte dura-t-elle, Erwan n'aurait su le dire. Des dizaines, des centaines de fois, le gouffre bouillonnant l'aspira puis le rejeta. Des dizaines, des centaines de fois, des murailles d'eau le soulevèrent sur leur encolure d'écume. Lorsque les lueurs de l'aube pointèrent à l'horizon, ses dernières forces l'avaient abandonné. Le vent tomba enfin et la mer s'apaisa. Le Morglaf, qui à aucun moment de la nuit n'avait lâché prise, exulta :

– Calme ! Maître regarder ! Calme revenir !

– Aucune terre en vue. À quoi bon ? balbutia Erwan. Si tu as vraiment un pouvoir, il est temps de le montrer. Moi, je suis à bout.

– Impossible.

– Si tu n'as aucun pouvoir utile, à quoi sers-tu, alors ?

Penaud, l'animal ne répondit rien. Une étrange intuition se fit soudain jour dans l'esprit d'Erwan.

– Un bateau ! s'exclama-t-il. Un bateau approche !

Dodelinant sur la houle, un lougre de pêcheurs émergea soudain de la brume. Rassemblant ce qui lui restait d'énergie, Erwan fit des signes désespérés avec sa canne. Un rayon de soleil en toucha le pommeau qui projeta un reflet mordoré. Sans doute quelqu'un le repéra-t-il car le navire changea de cap et vint droit sur eux.

Quelques instants plus tard, ils étaient hissés à bord et faisaient l'objet d'un examen attentif de la part de l'équipage, cinq ou six gaillards en tablier de cuir, qui empestaient le poisson. Le Morglaf surtout.

Erwan comprit qu'ils rentraient à Boston après une sortie matinale. La côte était donc toute proche ! Le capitaine, brave homme au teint bistre, au sourcil broussailleux, lui fit l'honneur d'une couverture et d'un thé chaud. Il écouta les explications d'Erwan sans mot dire.

– Eh bien, conclut-il, vous avez de la chance. Le propriétaire de la goélette qui vous transportait sera sans doute ravi d'apprendre que vous êtes en vie. Un vrai miracle après le grain de cette nuit... Mais le diable si j'ai jamais vu un animal comme ça !

Confortablement installé sur le pont, le Morglaf savourait les poissons échappés des filets avec des ronronnements bruyants.

Quand le lougre pénétra dans le port de Boston, Erwan resta muet d'étonnement. En comparaison, Keirion n'était qu'une miniature. Là mouillaient des navires de quatre ou cinq cents tonneaux, qui débarquaient des montagnes de marchandises et des processions de voyageurs. Le Morglaf caché sous son manteau, Erwan descendit à terre avec un mélange de fascination et d'inquiétude. Il n'avait aucune idée de ce qu'il allait faire. Du haut de la passerelle, le capitaine l'interpella :

– Si vous ne savez où dormir, allez donc chez Mère Engadine ! C'est une vieille maquerelle qui loue un peu plus haut, dans Elm Street. C'est la pension la moins chère.

Erwan le remercia pour son conseil et se fondit dans la populace. Il fut pris de vertige. Quadrillée de rues boueuses, la jeune cité bourdonnait comme une ruche. Les maisons en bois, aux toits pentus, aux fenêtres toutes semblables, se chevauchaient avec une certaine symétrie. Ici on chargeait, là on déballait, à même les trottoirs de planches. Des tourbillons de fumée blanche s'échappaient de soupiraux, témoignant d'une intense activité souterraine, loin de la vue des passants élégants.

Erwan croisa des hommes à la peau noire, aux manières humbles. Ils vaquaient à des occupations triviales. D'autres, au teint cuivré, trimballaient des ballots ficelés sur leur dos. Ils piquaient une plume dans leur longue chevelure de jais et évitaient de croiser les regards.

Dans toute cette effervescence, Erwan se faisait l'impression de débarquer d'un autre univers.

En voulant traverser, il manqua se faire renverser par un chariot qui filait à toute allure. Il fut éclaboussé, ce qui provoqua le rire de quelques ivrognes massés devant une taverne. Le Morglaf montra les dents. Erwan préféra passer son chemin. S'il n'y avait eu cet incident, nul ne lui aurait prêté attention ni à l'étrange animal qui ne pouvait s'empêcher de pointer son museau par l'échancrure de son manteau. Les habitants de Boston semblaient trop préoccupés par leurs affaires pour se soucier d'autrui. Entraîné par la cohue, le jeune homme finit par perdre le sens de l'orientation. Il marcha au hasard, explorant les rues, les jardins publics, s'arrêtant devant les vitrines luxueuses des magasins. La nuit tomba, moirée de brume, et les trouva, lui et son compagnon, frissonnants, recroquevillés sous un porche.

– Quand manger ? se plaignit le Morglaf. Petit creux. Petit poisson jamais remplacer gros cafards juteux…

Erwan dut se rendre à l'évidence : il avait faim lui aussi. Il se souvint avec nostalgie des agapes à bord du *Fingal*. De son pécule, il ne lui restait qu'une seule pièce. Il avisa un pub à l'angle de la rue et décida que c'était l'endroit idéal pour la dépenser. Après, il serait temps de réfléchir au lendemain.

Il était encore tôt. Il n'y avait pas grand monde. Il prit une table à l'écart et permit au Morglaf de se dégourdir un peu les pattes. Un homme accoudé au bar les repéra sur-le-champ. Il s'approcha, un large sourire aux lèvres, et retroussa son vieux chapeau d'une chiquenaude.

– Bonsoir, garçon… Tu viens d'arriver, pas vrai ? Ouais, on voit ça du premier coup d'œil. Écoute, je pourrais sans doute te donner du travail. Sacré belle canne que tu as là ! Je t'en offre un dollar.

Erwan dévisagea le quidam. Il ne lui disait rien qui vaille. Il avait encore en mémoire l'épisode des deux aigrefins à Keirion.

– Filez.

– Eh, dis donc ! s'offusqua l'homme. À qui que tu crois causer, gamin ?

Il leva la main. Erwan lui avait déjà fiché le pommeau de sa canne sous la gorge.

– Filez.

Devant son air mauvais, l'homme s'en retourna au comptoir, grommelant. Une matrone se planta devant Erwan, l'air revêche.

– Je veux pas d'histoire dans mon établissement. Tu consommes ou tu déguerpis.

Le Morglaf bondit sur la table, la langue pendante, la bave aux lèvres.

– Consommer, oui-oui ! Bière ! Bière !

La serveuse considéra avec effroi la… chose.

– Il ne mord que s'il a faim, tint à la rassurer Erwan, sentant qu'ils allaient se faire expulser *manu militari*.

– Pas vrai ! menaça le Morglaf. Alors, bière, vite-vite !

Erwan s'empressa de passer commande. Les haricots n'étaient pas fameux. Il les mangea en observant avec répugnance la gargouille avaler deux bocks remplis à ras bord et roter bruyamment.

– On devrait se mettre en route tout de suite pour trouver où dormir, proposa-t-il.

– Pas grave. Vieux banc souvent abriter cafards ou araignées.

Erwan préféra ne rien répondre. L'égoïsme du Morglaf semblait sans limite. Il ramassa sa monnaie et se leva.

Quand ils sortirent du pub, il faisait plus froid. La brume enveloppait les réverbères d'un halo jaunâtre.

– Morglaf geler si pas trouver autre chose qu'un banc !

Erwan le considéra avec agacement.

– Il fallait y penser avant d'avaler toute cette bière.

La gargouille grelottait. Comme ils passaient devant une église, elle tendit un doigt griffu :

– Maison ! Maison avec croix et vitres en couleur. Là ! Là gentils moines laisser étrangers passer la nuit !

Erwan n'avait jamais vu d'église. Mais sa répulsion fut si soudaine, si forte, qu'il recula.

– Non. Trouvons la pension de Mère Engadine.

Ignorant les grognements mécontents de son compagnon, il poursuivit son chemin. Les rues devinrent plus tortueuses, plus sombres aussi. Des ombres furtives se glissaient dans cette pénombre trouble. À un mendiant, Erwan demanda la direction d'Elm Street. Sans aménité, celui-ci désigna du menton l'extrémité du passage.

– Elm Street, vous y êtes.

Ils arrivèrent devant une maison construite de guingois, mal crépie, sur laquelle dansait une enseigne rouillée :

CHEZ MÈRE ENGADINE
PENSION DE FAMILLE

Erwan observa la façade lugubre, dégradée par les intempéries, les fenêtres aux carreaux brisés. Sans un mot, il poussa la grille et traversa le jardin en friche. L'endroit semblait inhabité depuis des lustres. Pourtant, Erwan sentit une présence à l'intérieur. Il actionna le heurtoir.

Le Morglaf claquait des dents.

– Pas aimer cet endroit du tout.

Personne ne répondait. Erwan allait renoncer lorsqu'une vieille femme aux longs cheveux blancs, un bandeau sur l'œil droit, se matérialisa soudain devant lui, brandissant une lanterne. Saisi de frayeur, le Morglaf poussa un cri guttural et se réfugia dans le dos de son maître.

– Que voulez-vous ? demanda-t-elle. Fichez-moi le camp ! Racaille !

– Je cherche un endroit où dormir, répondit Erwan sans s'émouvoir.

– Tu as de quoi payer ?

La vieille tendit la main et fit un geste expressif. Erwan lui versa le dernier argent qui lui restait. La vieille croqua les pièces une par une et parut satisfaite.

– Il y a quelque chose derrière ton épaule… Qu'est-ce que tu caches ?

Le Morglaf jaillit et émit l'un de ses gargouillis humides parfaitement révoltants.

– Pouah ! Quelle horreur ! Je ne veux pas de ça chez moi !

– Un peu farouche, concéda Erwan. Mais il ne fera aucun dégât.

– Dix dollars de plus.

– Je vous ai donné tout ce qui me restait.

Mère Engadine réfléchit un bref instant.

– Soit. Je me sens bon cœur, ce soir. Ne reste pas là. Tu fais entrer le froid.

La maison sentait l'humidité et la poussière, mais il y faisait bon. Un feu vif pétillait dans la cheminée. La tenancière désigna un escalier délabré.

– Prends la première chambre à droite. J'ai pas de draps.

Erwan n'avait besoin d'aucun confort et il accepta. La chambre n'avait pas dû être occupée depuis des années. La fenêtre était condamnée par des planches et le mobilier réduit à un piètre lit et une table. Sans attendre, le Morglaf se mit à fureter, en quête de quelque insecte imprudent. Erwan lui intima le silence et s'étendit. Ses vêtements durcis par le sel n'étaient guère confortables, mais il les conserva cependant. Il resta à écouter le silence que seuls troublaient l'appel d'un chat solitaire ou le passage d'une carriole. Le hululement du vent sur la lande, le murmure du ressac, le craquement du vieux phare lui manquaient.

Vers le milieu de la nuit, une plainte sourde attira son attention. Elle provenait de la chambre voisine.

Comme elle se répétait, plus rauque et plus douloureuse, Erwan se leva et sortit dans le couloir. La porte n'était pas fermée. Affalée dans un vieux fauteuil tiré près d'un poêle, Mère Engadine semblait assoupie. Cependant, des grimaces tiraillaient sa figure ridée. Intrigué, Erwan s'approcha. Quand il se pencha pour l'examiner, l'œil unique de la commère s'ouvrit tout grand, rond et blanc comme une soucoupe.

– Qu'est-ce que tu veux ? Mon argent ? Hein ? C'est mon argent que tu veux ?

Promptement, elle tira un pistolet de sous sa jupe. Erwan ne manifesta aucune émotion.

– Je vous ai entendue gémir. Je pensais que vous étiez malade.

– Tu parles !

Elle dévisageait le jeune homme avec défiance, prête à presser la détente.

– Je peux vous soulager, dit Erwan.

– Tu rêves. Je souffre de ces satanés rhumatismes depuis plus de vingt ans et aucun docteur n'y a jamais rien fait.

– Laissez-moi essayer.

Erwan éleva ses mains à hauteur de son front.

– Qu'est-ce que tu fabriques ? Ne t'avise pas de…

Soudain, Mère Engadine frissonna. Ses yeux chavirèrent. Le revolver lui échappa des mains.

– C'est la mort, murmura-t-elle avant de tomber dans un profond sommeil.

Le jeune homme la laissa et s'en retourna dans sa chambre. Le Morglaf avait trouvé un perchoir à sa convenance sur le portemanteau et il ronflait comme un bienheureux. À en juger par son expression repue, il avait dû trouver de quoi se sustenter. Cela fit sourire Erwan. Il se recoucha, guettant les premiers rayons du soleil à travers les planches disjointes…

Erwan s'était lavé à l'eau froide. Il avait rassemblé son maigre bagage et s'apprêtait à partir quand Mère Engadine frappa à sa porte.

– Où vas-tu, mon garçon ? Tu n'étais pas bien ici ? Tu as un autre endroit où passer la nuit prochaine ?

Erwan répondit par la négative.

– Je n'aurais pas de quoi vous payer.

– Au contraire ! Bien au contraire ! Tu as de l'or au bout des doigts, garçon. Mes douleurs ont disparu. Je ne me suis pas sentie aussi bien depuis longtemps. Est-ce que tu ne serais pas un peu guérisseur ? Au fait, d'où viens-tu ? Et quel est ton nom ?

– Je m'appelle Erwan Korvander. Je suis étranger.

– Comme la plupart d'entre nous. Ce don, d'où le tiens-tu ?

– Je n'en sais rien. Il me semble que j'ai toujours eu ces…

Il allait dire : pouvoirs. Quelque chose le retint.

– Korvander, tu dis ? réfléchit Mère Engadine. C'est étrange. J'ai entendu ce nom-là autrefois. Il me rappelle quelque chose... Mais j'ai une cervelle de moineau. J'ai oublié. Ah, mon cher garçon, c'est la Providence qui t'a envoyé à moi. Écoute. Songe au bien que tu pourrais faire grâce à tes dons. Crois-moi, il n'est personne dans cette ville qui soit en bonne santé. Et tous ces médecins, des bons à rien, des charlatans ! Tu n'auras guère de mal à trouver une clientèle. D'ailleurs, je me charge de t'amener du monde ce matin même ! Tes dons... et mon intelligence. Nous allons former une belle équipe !

– J'avais plutôt pensé trouver du travail sur les quais, ou ailleurs.

– Pfff... les quais ! Quand on a de pareilles mains ? Tu vas devenir docteur : est-ce que cela ne te plaît pas davantage ?

Erwan hésita.

– Hiver venir, crachouilla le Morglaf. Vieille avoir bois pour nourrir cheminée. Et cafards dans la cave pour nourrir moi.

L'argument était décisif. Erwan accepta de rester.

Sur le coup de midi, une femme entra, enveloppée dans un châle mité. Elle grelottait, transie de froid, et réprimait une toux rauque.

– On m'a dit qu'il y avait un docteur ici...

Mère Engadine la fit entrer avec empressement. Au même moment, Erwan descendait l'escalier.

– Mieux que cela, chère madame, affirma la vieille. Un véritable magicien. Le voici. Il nous vient de loin, vous savez... Une patiente pour vous, docteur !

Erwan fit asseoir l'inconnue. Il ignorait s'il pourrait lui venir en aide. Il avait toujours agi par instinct, et non sur commande. Il étendit ses deux mains sur la tête de la patiente, doigts écartés, et inspira profondément. Au bout de quelques instants, la femme cessa de tousser. Une rougeur monta subitement à ses joues. Elle se mit à transpirer abondamment. Erwan dut la soutenir pour qu'elle ne tombe pas. Son malaise fut passager. Quand elle fut remise d'aplomb, ses yeux brillaient de reconnaissance.

– Gardez la chambre, conseilla Erwan. Évitez l'air des rues. Il n'est pas sain pour vous.

Il refusa l'argent que l'indigente lui proposait et la reconduisit jusqu'à la porte. Mère Engadine se frottait les mains.

– De l'or dans les doigts, non, je ne m'étais pas trompée. Tu as de l'avenir, mon garçon, beaucoup d'avenir !

– J'en suis heureux. Cela ne me coûte rien. Je ne veux pas faire payer ces gens.

– Bah, qui parle d'argent ? Tu peux être sûr qu'elle nous fera de la publicité. Sais-tu ce que nous allons faire ? Les affaires n'allaient pas bien, ces derniers temps. Nous allons transformer cette pension de famille en cabinet médical. La pièce du fond est inoccupée. Nous allons y installer ton bureau. Oui, c'est cela. Un vrai bureau de docteur.

Erwan accepta. Pour la première fois, il avait le sentiment d'être utile à quelque chose. Et d'être un être humain à part entière.

DOCTEUR ERWAN

Erwan commençait à se plaire à Boston. Il aimait se promener dans les rues. Personne ne faisait attention à lui. Personne ne se retournait sur son passage. Personne ne se signait. Tout juste le dévisageait-on parfois avec curiosité et un peu d'ironie. Erwan ne s'en offusquait pas. Il se sentait adopté par sa nouvelle patrie. Il n'était plus ce sauvageon fruste courant dans la lande et humant l'air à la façon d'un animal. Il avait appris à maîtriser ses pulsions. Il ne bégayait plus. Il portait des vêtements de citadin, un long manteau gris et un tricorne assorti. Il prenait le fiacre, entrait dans les boutiques et se rendait même au théâtre.

Mère Engadine lui donnait le gîte et le couvert et veillait à satisfaire ses « dépenses de docteur », comme elle disait.

Le Morglaf lui-même semblait très satisfait de sa nouvelle vie. Il avait proprement désinsectisé la maison, ne conservant qu'un élevage de cafards destiné à sa propre consommation quotidienne.

Mère Engadine ne s'était pas trompée. Peu de temps après l'arrivée d'Erwan, de nombreux malades affluèrent à la pension de famille. Colportée par le bouche à oreille, la réputation du jeune guérisseur-miracle allait s'amplifiant. Le cabinet ne désemplissait pas. Erwan soulageait tous ces misérables sans réclamer le moindre argent. L'idée ne lui en serait même pas venue. Au fil des semaines, des membres de la haute bourgeoisie, des personnalités en vue se mêlèrent à la clientèle habituelle. Il fallut bientôt commencer les consultations de bonne heure et les terminer tard dans la soirée. La notoriété du « docteur » Korvander devint telle qu'il fut admis dans les salons à la mode et considéré comme une sorte d'attraction mondaine. Mère Engadine le suivait partout, le chaperonnant jalousement. Le jeune homme était à la fois surpris et ravi d'un tel engouement, car on venait parfois le voir de fort loin.

Le Morglaf considérait d'un air blasé toute cette effervescence. Tapi dans la cave, il avait pris du poids et ses vieilles blessures n'étaient plus qu'un mauvais souvenir. Son humeur acariâtre ne s'était pas améliorée pour autant. Après l'une de ces journées bien remplies, quand le dernier patient eut quitté le cabinet, il se glissa auprès d'Erwan qui, épuisé, s'était laissé tomber sur une chaise.

– Nouvelle journée gratuite ?

Le garçon haussa les épaules.

– Peu importe. Ces gens ont besoin de moi. Ils ont de l'estime pour moi. Ils m'invitent à venir les voir, et même à leurs anniversaires. Autrefois, dans la lande, on me jetait des pierres sitôt qu'on me voyait…

– Gens n'aimer que lorsque trop souffrir pour haïr, répondit la gargouille.

– Quel sombre philosophe tu fais ! De quoi te plains-tu ? Nous avons un toit, nous mangeons à notre faim. Et je n'ai jamais eu de vie si agréable.

– Soins gratuits toujours amener nouveaux amis !

– Cesse donc de rouspéter. Je ne veux pas d'argent. Pourquoi faire payer ce qui à moi ne me coûte rien ? Et puis la plupart de ces malheureux n'ont pas un penny.

– Sauf vieilles bonnes femmes étranglées par colliers diamants ! Et gentil maître poches toujours vides…

– Mère Engadine me donne ce dont j'ai besoin. Cela me suffit. C'est une brave femme. Elle aime faire le bien.

Dubitative, la gargouille renifla.

– Pourquoi maître pas s'installer ailleurs ? Seul ?

Sur ces entrefaites, Mère Engadine parut. Elle devenait chaque jour plus coquette. Elle s'achetait des toilettes, se pomponnait et sortait de plus en plus souvent. Elle s'était même offert un bandeau de soie pour masquer son œil manquant.

Erwan la félicita :
– Vous avez encore rajeuni, Mère Engadine.
– Charmeur, minauda-t-elle. C'est vrai, depuis quelque temps, il me semble revivre. Et puis, mes douleurs ont complètement disparu.
Le Morglaf sifflota ostensiblement. Mère Engadine se renfrogna. Elle tendit un doigt vindicatif dans sa direction.
– Ce sale crapaud ! Sais-tu qu'il élève des blattes grosses comme le pouce dans un trou du plancher ? Et puis il ne cesse de baver partout et de lacérer les rideaux. Ne pourrait-on le faire dormir dehors ? Erwan, sois gentil. Il met la maison sens dessus dessous. Et en plus, son odeur… Il fait fuir les malades !
Erwan dévisagea la gargouille d'un œil inquisiteur.
– Je promets qu'il restera sage, Mère Engadine. Sinon je le remettrai dans sa cage !
Le Morglaf ouvrit des yeux stupéfaits.
– Quoi ? En cage ? Me remettre ! Moi !
– Et comment ! Aussi, tiens-toi tranquille, je te le conseille.
La bête émit un chapelet de jurons à voix basse et s'en retourna dans la cave, boudeuse. Au même instant, la sonnette retentit. Deux hommes en longue redingote noire se tenaient sur le seuil. Mère Engadine frissonna.
– Seigneur, la volaille ! Que voulez-vous ?
– Police. Madame Engadine ?
– Elle-même.

– Vous abritez chez vous un locataire, un certain… Erwan Korvander ?

Le jeune homme, entendant prononcer son nom, prit les devants :

– Je suis Erwan Korvander.

– Vous êtes en état d'arrestation. Je vous prie de nous suivre sans opposer de résistance.

Sans lui laisser le temps de répliquer, l'un des policiers saisit brutalement Erwan par le bras et le poussa dans la rue. Des badauds s'arrêtèrent pour observer la scène. Le jeune homme s'efforça de rester impassible. On le fit monter dans une voiture fermée, laquelle s'ébranla sur-le-champ.

– Où m'emmenez-vous ? De quoi suis-je accusé ?

– Le prévôt vous le dira lui-même.

Erwan ne put rien tirer d'autre de ces cerbères. Le poste de police se situait à quelques rues de là, au rez-de-chaussée d'un immeuble gris aux vitres sales. Dans le hall se serrait une populace bigarrée, composée de femmes outrageusement fardées et de clochards ébahis. Erwan fut conduit à l'écart, dans un bureau sombre qui empestait le tabac. On le fit asseoir. Il faisait froid. À travers les murs, il pouvait entendre des plaintes et des bruits d'altercations. Sur un tableau accroché au mur, des avis de recherche étaient épinglés. Un homme entra, de petite taille, vif et robuste. Ses cheveux gominés plaqués, sa fine moustache et ses lunettes rondes accusaient son air tatillon.

Faisant mine de consulter un dossier, il déclara tout de go :

– Je suis le prévôt Planquette. Richard Planquette, deux *t*, *e*. Mon jeune ami, autant vous le dire, vous vous trouvez en fâcheuse posture.

– Pourquoi m'avoir arrêté ?

– C'est moi qui pose les questions. Là, dehors, c'est mon district. Et je n'admets pas que l'on trouble l'ordre dans mon district.

– Je ne troublais l'ordre en aucune manière…

– Que vous dites ! Une plainte a été déposée contre vous pour exercice illégal de la médecine. Niez-vous ce fait ?

– Je ne suis pas docteur. Je me contente de soulager les gens qui viennent me voir.

– Nous avons reçu une dénonciation anonyme qui a fort ému les milieux médicaux de la ville. Il paraît que vous rendez des diagnostics et prétendez guérir avec vos seules mains.

– Je ne prétends rien. En peu de temps, j'ai été submergé de demandes. Il m'était impossible de rejeter ces gens, des misérables pour la plupart. D'où je viens…

– Justement, d'où venez-vous ? Nous n'avons guère de renseignements à votre sujet.

Erwan se tut.

– Korvander… réfléchit le prévôt. Korvander. Ce n'est pas un nom très répandu. Pourquoi me semble-t-il si familier ?

– Ma mère vivait près d'ici dans le temps, à ce que l'on m'a dit... à Carvanon. Avena Korvander.

– Oh, mais j'y suis... Korvander ! Cela remonte à une quinzaine d'années.

Se délectant visiblement d'avoir une occasion d'étaler son érudition, Planquette se cala sur sa chaise et, les yeux fixés au plafond, déclama :

– Avena Korvander, fille d'une noble famille austro-hongroise. Sa beauté fut célèbre. On connaît plusieurs hommes qui se sont suicidés pour elle ou se sont affrontés en duel. De beaux messieurs de la haute société. Elle a été inquiétée à de multiples reprises pour s'être livrée à des rituels d'un goût douteux. La rumeur affirmait qu'elle était une sorcière et tuait des enfants au cours de certaines cérémonies occultes. Nul doute qu'au siècle dernier, elle eût été brûlée vive en place publique. Mais elle jouissait de telles protections que nul n'a pu prouver tout cela. Elle faisait partie des Compagnons du Trône, une société secrète qui malheureusement sévit encore de nos jours. Elle a eu un fils. Quelques jours plus tard, elle s'est pendue. Votre mère, dites-vous ?

La gorge sèche, Erwan articula :

– Mon oncle s'appelait Théophylus...

– Bien sûr. Théophylus, le savant. L'intellectuel de la famille. Il a préféré quitter le pays en emportant l'enfant. Cela me revient à présent.

Ainsi, nous voici aux prises avec un nouveau Korvander ! Vous êtes le digne successeur de votre mère. Je ne crois pas à la magie ni à toutes ces sornettes. Nous vivons dans un monde moderne. Jetez plutôt un coup d'œil par la fenêtre ! Rien de bien magique, n'est-ce pas ? Mais je crois à la cruauté de certains hommes, de certaines femmes, à leur faculté de faire le mal gratuitement, pour le plaisir. Aussi je ne crois pas à vos prétendus pouvoirs. Mon sentiment est que vous êtes l'un de ces charlatans qui abusent de la crédulité publique. Et votre lourde hérédité ne plaide pas en votre faveur.

– Je n'ai jamais connu ma mère. J'ai grandi loin d'ici. Ce qu'elle a pu faire ne m'intéresse en rien.

Le policier fronça les sourcils.

– Avez-vous vécu en Irlande, près d'un village du nom de Warglen ?

– Warglen, c'est bien cela, répondit Erwan sans réfléchir.

Planquette ouvrit un tiroir, s'empara d'une affichette semblable à celles qui décoraient le mur derrière lui et la lui présenta.

– Voici ce que j'ai trouvé ce matin, obligeamment glissé sous la porte de mon bureau. Erwan Korvander, originaire de Warglen. Meurtrier et incendiaire… Apparemment, quelqu'un vous connaît.

Erwan pâlit.

– Admettez-vous ces faits ?

– J'ai tué un homme parce qu'il avait mis le feu à ma maison. Et qu'il me-me menaçait !

Erwan s'en voulut d'avoir bredouillé. Un sourire reparut sur les lèvres du fonctionnaire.

– Vous comprendrez que je doive vous mettre sous les verrous jusqu'au jugement. Car si nous ne pouvons nous substituer à la justice irlandaise pour cette affaire, du moins ai-je des motifs pour vous laisser moisir dans une cellule quelque temps. À moins que vous ne puissiez verser une importante caution…

– Je n'ai pas d'argent.

– Non ? Même pas celui que vous extorquez à vos malades ?

– Jamais je n'ai demandé d'honoraires.

– Non. Madame Engadine s'en chargeait à votre place. Cette charmante vieille est connue de nos services pour diverses escroqueries.

Erwan resta bouche bée.

– Voulez-vous me faire croire, Korvander, qu'elle ne vous en a jamais rien dit ? Qu'elle soutirait cet argent à votre insu ? De toute façon, nous allons procéder à son arrestation, à présent que vous avez reconnu les faits.

À cet instant, deux coups légers furent frappés à la porte du bureau.

– Quoi encore ? s'écria Planquette agacé.

L'un des policiers qui avaient amené Erwan glissa quelques mots à son supérieur, lequel eut un rictus.

– J'aurais dû m'en douter. Quand on parle du loup ! Mais ça ne se passera pas aussi facilement que...

– Il a versé une caution pour le jeune docteur...

– Une caution ? Et puis cessez de l'appeler docteur. Il n'est PAS docteur.

Coupant court à leur échange, le baron Murdink fit irruption dans la pièce avec un grand mouvement de cape. À sa vue, Erwan eut un mouvement de recul.

– J'arrive juste à temps, on dirait. J'espère que ces gens vous ont bien traité, mon jeune ami !

Il décocha au policier un regard pénétrant. Celui-ci pâlit et bredouilla :

– Que venez-vous faire ici, Baron ?

– Ma foi, il est peu de nouvelles qui n'arrivent jusqu'à moi.

– Comme une araignée suspendue au centre de sa toile...

Murdink ignora l'allusion.

– J'ai entendu dire que vous aviez arrêté ce jeune homme. Il se trouve qu'il est de mes amis. Je réponds de lui. Il n'a pu que se laisser abuser dans toute cette affaire. La réputation de Mère Engadine n'est plus à faire. Je vous demande donc de le libérer. La caution est déjà versée.

– Et vous pensez qu'il va s'en tirer ainsi ?

– N'est-ce pas la loi ?

Planquette dut faire un effort surhumain pour ne pas laisser paraître sa mauvaise humeur.

– En effet, Baron. En effet. Je ne suis pas étonné que votre société secrète mette un point d'honneur à venir ainsi en aide au fils de son ancienne égérie. Mais savez-vous qu'il est accusé de meurtre en Irlande ? Que ce serait un crime de le relâcher ? Sûrement vous avez le bras long. Même chez mes supérieurs. Mais il n'est pas question que je libère votre protégé.

Une lueur dangereuse s'alluma dans le regard de Murdink. Comme accidentellement, le pommeau de sa canne émergea du pan de sa cape. Planquette l'aperçut. Son front se couvrit de sueur.

– M'avez-vous entendu, Planquette ? Je me porte garant de lui. PERSONNELLEMENT. Il est sous MA protection. Désirez-vous débattre avec moi de la signification de ce terme ?

Les lampes vacillèrent. Décontenancé, Planquette fit un signe aux agents. Erwan fut libéré de ses menottes.

– Je sais que certaines cannes noires ouvrent des portes mystérieuses dans les allées du pouvoir, enragea le policier. J'ignore lesquelles. Je ne veux pas le savoir. Mais si j'entends à nouveau parler de ce garçon, rien ne m'empêchera de le faire pendre ! Même si cela doit déplaire à certains adorateurs de cultes païens !

– Venez, mon jeune ami, lança négligemment Murdink. Il est temps de quitter la basse-cour.

Le baron l'entraîna vivement au-dehors. Erwan retrouva le monde extérieur, encore hébété.

– Ne l'écoutez pas. C'est un imbécile. Je n'imaginais pas vous revoir en vie.

– Comment avez-vous su, Baron ?

– Je vous l'ai dit. Nous sommes nombreux et bien informés. Allons, oubliez cette affaire. Le mieux serait que vous quittiez la ville pour quelque temps. Docteur ! Quelle drôle d'idée vous avez eue ! Pourquoi gâcher vos dons à une activité aussi sordide que celle-là ? Les gens aiment souffrir. C'est la souffrance qui leur donne le goût de s'accrocher à la vie. Ne sentez-vous pas qu'un autre destin vous attend ? Ne vous l'ai-je pas assez répété ?

– Je dois retrouver Mère Engadine.

Murdink leva les yeux au ciel, découragé.

– N'y comptez pas trop. Elle aura fait main basse sur le magot et se sera esquivée. M'avez-vous écouté, au moins ? Je vous en conjure, venez à Carvanon, et vous comprendrez...

Le crépuscule tombait. Les ombres s'allongeaient.

– Non, Baron. Ainsi que je vous l'ai déjà dit, je n'irai pas à Carvanon. Je l'ai juré. Je préfère encore retourner en prison. Je sais ce qu'était ma mère : une sorcière. Quant aux Compagnons du Trône...

– Non, vous ne comprenez pas. Vous n'êtes pas un simple sorcier, ni même un magicien…

Un coup de tonnerre ébranla le ciel. Erwan fit face au baron.

– Qui suis-je alors ? Quelqu'un aura-t-il le courage de me dire qui je suis ?

Une averse drue se mit à tomber, plaquant les longs cheveux d'Erwan sur ses joues, telles des ailes de corbeaux. Ses yeux s'embrasèrent de façon effrayante. Il s'approcha dangereusement du baron.

– Dites-le moi !

– Tu es… un prince des ténèbres. Ton père… ton père n'est pas de ce monde, comprends-tu ?

Erwan le considéra avec hésitation. Incrédulité. Puis soudain, il éclata de rire, un rire frénétique. Désespéré.

– Je serais une sorte de Morglaf ? Moi ?

– Non, bien plus qu'un Morglaf. Bien plus. N'as-tu pas entendu ce que j'ai dit ? Là-bas, tu es un prince. Tu n'aurais qu'un signe à faire et toutes les créatures de l'abîme s'inclineraient devant toi ! Un grand destin t'attend. Ce monde est neuf. Tu es né pour le diriger !

– Je ne suis pas ce que vous dites. Je suis humain. J'ai un corps d'homme, un cœur, et le sang coule dans mes veines.

– Un corps glacé, oui, un cœur si lent que tu ne peux percevoir ses battements. Ton sang ? Oui, le sang mort et épais des démons.

Là-bas, à Carvanon, tu n'aurais jamais froid. Personne n'oserait porter la main sur toi, ni même un regard déplacé. Tu serais le Maître à ton tour.

– Pourquoi ? Il existe donc déjà un maître ?

Murdink ne répondit pas. En un clin d'œil, la rue s'était vidée des passants attardés. La pluie lourde étoilait la boue. Le tonnerre roula au-dessus de la ville.

– Je n'irai pas à Carvanon. Je l'ai juré.

Une voiture noire tourna à l'angle et s'approcha silencieusement.

– Réfléchis, Erwan. Je peux t'emmener à l'instant. La vie humaine n'est pas faite pour toi. Ton oncle te trompait avec sa philosophie de pacotille. Je sais ce qu'il a essayé de t'enseigner. Je sais qu'il a cherché à te détourner de nous. Pourtant nous sommes tes servants, ta seule famille. Bientôt, tu t'en rendras compte. Tu n'es pas des leurs.

– Partez, Baron. Je ne suis pas ce que vous dites. Et si un trône attend quelque part, il ne m'est pas destiné.

Murdink hocha la tête.

– Voilà qui est fâcheux, mon garçon, réellement fâcheux. Je pensais que tu manifesterais plus de gratitude à mon égard. Car en somme, si je ne m'étais trouvé là, tu moisirais dans un cachot à l'heure qu'il est.

– Certes. Mais qui a pu renseigner la police sur mon compte, sinon vous-même ?

Le baron fit un signe. La voiture se rangea à sa hauteur. Il hésita, avant de se résigner à monter. Il se pencha par la portière.

– La prochaine fois que nous nous reverrons, Korvander, tu ne pourras pas refuser mon invitation !

Aussitôt, le fiacre partit au grand galop et disparut, laissant Erwan dégoulinant de pluie, seul au milieu de la chaussée, tandis que quelque part sonnait un tocsin…

– Je sais, Maître. Inutile de me torturer. Il viendra. Je vous le garantis… Laissez-moi encore un peu de temps.

– Ma patience a des limites, Baron.

Murdink observa avec effroi le sang glauque qui s'écoulait du cadran de la montre. Ce sang était le sien.

– Croyez-moi, Maître. Utiliser la force n'aurait pour but que le détourner de nous. Il viendra.

– Vous deviez le séduire, et le corrompre au besoin. Non nous en faire un ennemi. Vous avez échoué. Vous vous êtes montré trop tendre, bien trop tendre.

– Il est fort, Maître. Chaque jour, il prend davantage conscience de son pouvoir.

– C'est votre dernière chance, Baron... Si vous ne me donnez pas rapidement satisfaction, j'enverrai quelqu'un d'autre pour faire le travail.

– Maître, je...

Murdink poussa un cri, terrassé par la souffrance. Autour de lui, les rats se dispersèrent en couinant.

LE MIEL ET LE VENIN

Malgré l'orage, un attroupement s'était formé devant la maison. Des hommes gesticulaient, brandissant des torches. Les plus téméraires jetaient des pierres contre la façade, brisant les vitres. Parmi eux, Erwan reconnut d'anciens patients, des nécessiteux qu'il avait soulagés. Gagnés par la folie collective, ils braillaient avec les autres, vagabonds ou provocateurs. Il y avait même un pasteur qui déclamait des versets de la Bible avec force mouvements grandiloquents.

Retranchée à l'intérieur, Mère Engadine se montra à l'une des fenêtres et tenta du geste de faire déguerpir tout ce monde. Son apparition n'eut pour seul résultat qu'exciter davantage les manifestants. Les projectiles redoublèrent si bien qu'elle dut battre en retraite.

– Sors de là, sorcière, maquerelle ! Sors avec ton docteur de pacotille ! Ce meurtrier ! Montrez-vous, escrocs !

À la vue de ce spectacle, Erwan sentit une rage sourde l'envahir. Le souvenir des paysans mettant le feu au Phare Squelette était encore vivace. Il ne laisserait pas pareille chose se reproduire ici. Il jaillit du coin d'ombre où il s'était tenu jusque-là et se fraya un passage parmi la populace. Quelqu'un le reconnut et hurla :

– C'est lui ! Le sorcier ! Le charlatan, c'est lui !

– Le voilà !

– Emparez-vous de lui !

– Qu'on le pende !

Les visages dégoulinant de pluie et de haine se tournèrent. Parmi eux, il reconnut la femme au châle gris qu'il avait soignée le premier jour et qui à présent le désignait d'un doigt accusateur.

– Oui, c'est bien lui ! C'est le démon ! Dieu nous pardonne de l'avoir cru !

Erwan serra les dents. Il continuait d'avancer, sans prêter attention au cercle qui se refermait dangereusement autour de lui. Il était à mi-chemin de la maison quand le premier projectile l'atteignit à la tempe. À peine s'il vacilla. D'autres suivirent. Il continua sans broncher, sans même chercher à se protéger. Des femmes lui griffèrent le visage, des hommes lui donnèrent des coups.

– Qu'on le pende ! brailla un mendiant, qui, naguère, ne pouvait marcher qu'avec une béquille.

– À mort, le charlatan !

Erwan avait atteint le seuil quand un groupe d'intrépides se faufila au premier rang, bien décidé à mettre le jugement à exécution. Ils agrippèrent Erwan. Mais celui-ci se dégagea avec une force surhumaine. À cet instant précis, un violent éclair cisailla le crépuscule, éclairant son visage blême, ses yeux injectés de sang. Il émit un feulement animal, qui figea d'effroi l'assistance. Mais les hommes, excités par leurs propres cris, se reprirent bien vite et se jetèrent sur lui. D'une seule main, Erwan souleva le premier et le projeta sur ses comparses. Un second s'écroula, la mâchoire démise par un coup de poing.

– Maître ! Maître ! Ici !

Le Morglaf s'était rué hors de la maison, traînant derrière lui la précieuse canne à pommeau d'or. Erwan la saisit au vol et dégaina l'épée. Le grondement du tonnerre s'amplifia. L'averse, un instant affaiblie, redoubla de violence.

– Ashgrin Avitaohn ! Ermoth granshi !

Erwan déversait un flot de paroles incompréhensibles sans pouvoir s'arrêter. Il lui sembla qu'il grandissait, qu'un voile obscur envahissait la place, mouchant les torches comme de simples chandelles. Sa lame brilla d'un éclair aveuglant. Cette fois, la foule prise de panique s'égailla dans la plus grande confusion, et il poursuivit les fuyards de son rire strident.

– Venez ! Venez donc ! Je n'ai même pas encore goûté à votre sang…

Puis ramenant à lui les pans de son manteau, il entra dans la maison. Quelque part dans l'obscurité, il sentit une présence. Il distingua la silhouette recroquevillée et marcha lentement vers elle. Mère Engadine se redressa, tremblante et pitoyable. Elle tenait son pistolet à la main.

– Ne me touche pas ! Si tu fais un pas, je tire. Personne ne m'aura. Personne n'aura la vieille Engadine !

– Vous m'avez trompé depuis le début, vieille vipère. Peut-être saviez-vous même qui j'étais...

– Évidemment, je sais qui tu es ! L'infâme rejeton d'Avena Korvander, la sorcière. Quel étrange hasard t'a conduit chez moi, je l'ignore. Mais il était juste que je tire vengeance de ta race ! Reste où tu es !

Erwan ne tint aucun compte de son avertissement. Il la fixa droit dans les yeux et le bras de la vieille femme se mit à trembler. Sentant son arme s'échapper, elle tenta bien de la retenir avec son autre main, mais un froid glacial commençait à se répandre dans son corps entier. Erwan lui arracha le revolver et le jeta à l'autre bout de la pièce. Juché sur la cheminée, le Morglaf passa sa grosse langue râpeuse sur ses lèvres :

– Oui, Maître faire brioche avec petite vieille ! Elle avoir entassé magot sous plancher.

– Vas-tu la fermer, aboya Mère Engadine, maudite larve !

Erwan la saisit sèchement par les épaules.

– Tu la connaissais ? Tu connaissais ma mère ?

Mère Engadine tremblait de tout son corps.

– Je gèle... Je gèle... Encore un de tes maléfices !

– Réponds. Ce qui te reste à vivre, utilise-le au mieux.

La vieille ouvrit des yeux terrifiés :

– Pour la connaître, oui, je la connaissais. Car elle m'a pris mon enfant, mon pauvre petit. Elle l'a utilisé pour ses rites maudits. Elle était cruelle et maléfique ! Elle et ceux dont elle était la prêtresse, les Compagnons du Trône, les adorateurs du diable. Ils sèment la terreur en ville. Et nul ne peut se dresser contre eux. Ils sont puissants. Ils jouissent de protections, d'influences, et à Carvanon ils se réunissent pour...

– Tu connais Carvanon ?

– Cette demeure de l'enfer, oui, j'y suis allée quand j'ai tenté de leur reprendre mon enfant. Et j'aurais dû devenir folle après ce que j'y ai vu... L'endroit est maudit, toute la terre alentour est maudite et des rivières de sang coulent au-dessous ! La Korvander organisait ses messes noires dans la crypte, en compagnie de son âme damnée, un certain baron Murdink. La haute société s'y pressait et s'y presse encore certaines nuits. Ah oui ! Les gens les plus riches, les plus influents ! Que faire contre de tels méfaits ? Mais le soir où je suis venue supplier qu'on me rende mon fils, je l'ai vu apparaître. Cette chose affreuse, innommable... Et IL l'a emporté, oui !

– Continue ! Qui l'a emporté ?

– C'est venu. Quelque chose de monstrueux, fumant et couvert d'écailles, suintant un venin dont l'odeur s'est répandue partout... Il s'est emparé de lui. Il l'a pris. Il l'a emporté là-bas, dans son monde. J'entends encore ses hurlements. Et les autres n'ont rien fait. Ils avaient le front contre terre. Ils l'appelaient « Maître » ! Mais elle l'a bien payé ! Pour ça oui ! Elle a eu son dû.

– Qu'est-il arrivé à ma mère ?

– Un matin, après l'une de ces cérémonies bestiales, elle a basculé dans la folie. La Bête se serait servie d'elle car elle désirait un héritier. Blanche comme une morte, ses vêtements en lambeaux, elle portait sur son corps des marques terribles, comme nul n'en avait jamais vues. Voilà ce que certains ont dit. De ce jour, elle a perdu l'usage de la parole. Ses yeux sont restés fixes. C'est son frère Théophylus qui a pris soin d'elle. C'était un homme de bien, un savant. Jusqu'alors, il avait vécu loin de sa sœur. Mais en apprenant qu'elle allait avoir un enfant...

Mère Engadine dévisagea le jeune homme.

– Quand la Korvander a accouché de son bâtard, il le lui a volé, il l'a emporté loin de Carvanon. Il voulait le soustraire à son influence maléfique. La même nuit, elle s'est pendue de désespoir. Voilà l'histoire.

Erwan sentit une sueur glacée lui inonder la nuque. Engadine poursuivit, les yeux dans le vague, replongée dans cette époque d'horreur et de tragédie :

– Murdink est devenu le chef des Compagnons du Trône. Il sait ouvrir certaines portes qui doivent demeurer closes. Il connaît le langage des êtres qui vivent de l'autre côté. Mais il n'est pas l'héritier. Toi, tu l'es. Voilà pourquoi tu es revenu. Erwan, Erwan le Maudit... Si tu n'es pas des leurs, alors prends tes jambes à ton cou et va-t'en. Ne les laisse pas te séduire !

Erwan considéra la canne qu'il tenait encore. Elle lui parut rougeoyer comme un fer chauffé à blanc.

– Tu peux partir. La voie est libre.

Sans demander son reste, Mère Engadine jeta un manteau sur ses épaules et détala. Le Morglaf claqua des mâchoires, dépité.

– Gnarf ! Dommage gentil maître pas m'avoir laissé mordre fesses de petite vieille !

Erwan ne répondit pas. Il regardait ses mains. Jusqu'alors, il n'avait jamais pris garde à la longueur de ses doigts, aux veines mauves et sinueuses qui striaient sa peau blanche, à la noirceur naturelle de ses ongles. Levant les yeux, il croisa son reflet dans un miroir. C'était comme si, brusquement, il se découvrait pour la première fois. Pourtant, au fond de lui-même, Erwan avait toujours su. Il avait toujours senti ce monstre tapi en lui, cette ombre noire, nauséeuse, qui s'agitait dans la vase de ses pensées morbides.

Les pièces éparses du puzzle venaient de s'assembler d'un coup. L'attitude d'oncle Théophylus, ses regards, certaines allusions. Ce livre grand ouvert sur lequel il avait rendu son dernier souffle… Non, il n'avait pas été l'homme envieux et cruel que lui avait décrit le Baron. Au contraire, il s'était efforcé de combattre les atrocités perpétrées par les Compagnons du Trône. Il avait fait le pari d'attirer l'infâme rejeton, lui, Erwan, dans la voie de la rédemption. Dans l'espoir d'en faire un homme de bien. Un homme, tout simplement.

Dehors, la pluie avait cessé. Une brume glacée nimbait la rue. Tout n'était plus que silence. Erwan jeta du bois dans la cheminée. Il avait froid. Toujours froid. Il redressa un fauteuil et resta là à contempler les flammes.

Le Rêve l'assaillit sans qu'il s'en rendît compte. Il en fut surpris car il n'avait pas rêvé depuis de longues semaines. Ses ailes membraneuses se déployèrent et il plongea dans le vide. L'espace défila sous lui à une vitesse vertigineuse. Il éprouva à nouveau cette merveilleuse sensation de légèreté, de délivrance. Le tonnerre ébranla les collines. Un éclair échevelé zébra l'obscurité, dévoilant la silhouette du manoir.

– Viens, Erwan ! Ton royaume t'attend…

À travers les vapeurs affolées, il ne pouvait le voir, et cependant, il devinait sa présence toute proche. Lui. Le monstre dont Mère Engadine avait parlé.

Soudain, à travers l'obscurité, il entrevit sa forme vague, occupant un trône puissant... Erwan prit peur. Quelque chose l'attirait vers Lui, absorbant sa substance, le vidant de toute énergie.

Il s'éveilla soudain dans un long cri. L'aube filtrait à travers les vitres sales. Erwan eut peine à se rappeler où il se trouvait. Qui venait ainsi de le tirer brusquement en arrière ? Il en était encore étourdi. Il eut le sentiment qu'il n'était pas seul. Le Morglaf ? Non. Celui-ci avait disparu, sans doute à la recherche de quelque pitance. Lentement, sa main glissa vers sa canne, il était prêt à se défendre.

– Le cordon de la sonnette a été arraché. Je... Est-ce ici qu'habite une certaine Mère Engadine ?

Un homme en costume de voyage se tenait immobile, sur le pas de la porte. Erwan se ravisa.

– La vieille Engadine a quitté la ville, répondit-il. Elle ne reviendra sûrement pas.

– Ce n'est pas elle que je cherche, mais son locataire, un certain Erwan Korvander. J'ai fait un long chemin pour le voir.

Le jeune homme tressaillit. Cette voix lui était familière. Au même instant, un corbeau vint se poser sur le rebord de la fenêtre.

– Que lui voulez-vous ?

– C'est vous, n'est-ce pas ? Je vous reconnais. Je suis le landlord O'Reilly, du comté de Warglen.

Erwan considéra un instant l'oiseau qui lissait son plumage. Puis il pointa sa canne sur le visiteur, l'air mauvais.

– Vous voici bien loin de vos terres, Landlord... Il n'est jamais prudent de chasser sur le terrain du gibier.

O'Reilly s'avança, hésitant, le visage défait.

– J'ai traversé l'Océan pour vous retrouver. Je ne viens pas en ennemi. J'ai appris ce qui s'était réellement passé cette nuit-là. Comment Roland et les autres avaient mis le feu chez vous. Si vous reveniez en Irlande, vous ne seriez pas inquiété.

Erwan se dressa et son ombre griffue s'allongea sur le mur, occultant la lueur du matin.

– Vous m'avez pourchassé comme un animal. Vos hommes ont mis le feu... J'ai dû partir, fuir cette lande que j'aimais, où je me sentais chez moi. Et bien d'autres choses que vous ne pouvez pas imaginer.

– La colère m'avait aveuglé. Quand je vous ai vu emporter mon fils... Comment aurais-je pu deviner ? Comment peut-on croire raisonnablement à ces choses avant de les avoir vues de ses yeux ? Grâce à vous, Davy est aujourd'hui guéri. Le lendemain même, son état s'améliorait. Le docteur Bishop en personne a dû en convenir. Vous êtes doué d'un pouvoir prodigieux. Miraculeux, même.

Erwan laissa un silence passer.

– Que voulez-vous de moi ?

O'Reilly se laissa tomber sur une chaise, le visage entre les mains.

– Il s'agit de Maureen. Veuillez m'excuser, dit-il d'une voix entrecoupée de sanglots. Elle mourra, c'est certain. Elle mourra si vous ne la secourez pas…

Erwan tressaillit :

– Parlez ! De quoi souffre-t-elle ?

Le landlord reprit difficilement son souffle.

– Un mal étrange. Une sorte de langueur qui progressivement s'est emparée d'elle peu après votre départ. À son habitude, le docteur Bishop voulait la saigner. Je l'ai renvoyé et me suis adressé à d'éminents médecins de Londres. Ils ont tout essayé, sans résultat. Ce mal ronge ses forces chaque jour un peu plus. Elle m'a demandé de la conduire auprès de vous. Au début, je n'ai rien voulu entendre. Ce voyage me semblait le plus sûr moyen de la tuer. Devant son insistance, j'ai fini par prendre le risque. Maureen croit que vous êtes sa dernière chance. Ne refusez pas. Elle a foi en vous.

Erwan hocha la tête.

– Je ne suis pas docteur. Ma mère était une sorcière. La police m'a à l'œil et les gens d'ici me jettent des pierres à la figure. Et je ferais quelque chose pour vous ?

– Ce que vous êtes m'importe peu, répondit O'Reilly. Je ne juge un homme que par ses actes. Quand bien même seriez-vous…

Erwan partit d'un éclat de rire amer.

– Quoi ? Le diable ? Je vous rassure. Seulement à moitié. Eh bien qu'attendons-nous ?

Une voiture patientait devant la maison. Les premiers rayons d'une aube sale et triste paraissaient lorsqu'ils rejoignirent l'hôtel *Brisbane,* où O'Reilly était descendu avec sa suite. Une femme de chambre leur ouvrit. En dévisageant Erwan, elle ne put s'empêcher de faire un signe de croix.

– Je vous en prie, Jenny ! la rabroua son maître. Dites-moi plutôt comment elle se porte.

– Mademoiselle dort, Milord. Le docteur la veille.

Dans la faible clarté qui filtrait par les tentures, Maureen était assoupie. Elle respirait avec peine. Ses joues étaient si blanches qu'on eût dit quelque fragile poupée de porcelaine. Sur l'oreiller, ses cheveux tissaient une toile couleur de miel. Erwan sentit une immense tristesse s'emparer de lui. Où était la cavalière fraîche et rieuse qu'il avait connue en Irlande ?

Comme il approchait à pas lents, elle s'éveilla soudain, et ses yeux, ses grands yeux clairs se posèrent sur lui. Un léger sourire passa sur ses lèvres desséchées.

– Je le savais… murmura-t-elle. Je l'avais dit à Père. Tu viendrais. Tu as bien guéri Davy !

Un homme barbu à l'air sévère, jusqu'ici assoupi dans son fauteuil, s'ébroua en clignant des yeux. Il dévisagea Erwan avec surprise, puis indignation.

– Comment ? s'exclama-t-il. Cette enfant n'en a plus pour très longtemps à vivre. Ses forces la quittent. Pas question de laisser faire ce charlatan. Je le reconnais : son nom s'étale en gros titres dans la presse. C'est un escroc que nous devrions chasser de cette ville à coups de pique !

– Docteur Stewart, je vous en prie.

– Non, Milord ! Le chagrin vous égare. Je m'oppose à ce que ce garçon, ce... ce monstre, mette en péril le traitement que...

Sans répondre, O'Reilly vint s'asseoir auprès de sa fille et caressa son front trempé de sueur.

– Maureen, mon enfant...

– Merci, Père. Je t'en prie, laisse-le faire ! Aie confiance...

– Milord, insista le docteur. Avez-vous entendu ce que j'ai dit ? Si ce sorcier l'approche, je refuse de m'occuper plus avant de...

Erwan posa sur lui un regard de glace. Décontenancé, le praticien saisit son chapeau, sa canne, et s'en alla, l'air outré. Dès qu'il fut parti, le jeune homme se pencha sur Maureen. Il étendit ses mains au-dessus de sa tête et de ses membres. Mais elle le dévisageait avec une intensité telle qu'il dut s'interrompre.

– Je t'en prie. Ferme donc les yeux.

– Je ne te savais pas si émotif, Erwan, répondit-elle.

Comment pouvait-elle plaisanter en cet instant ? Erwan se concentra à nouveau. Ce qu'il percevait à l'extrémité de ses doigts lui donna le vertige.

– Que se passe-t-il ? s'inquiéta O'Reilly.

Erwan secoua la tête.

– Je ne sais pas. C'est comme si une force s'opposait à la mienne. Une emprise.

À cet instant, la servante entra.

– Milord, on vient de remettre ce pli à l'intention du jeune homme.

Sur un plateau, elle tendait une enveloppe de parchemin cachetée à la cire rouge. Erwan s'en saisit.

Cher ami,

Je crois savoir que vous nourrissez quelque inquiétude pour la santé de cette jeune fille. En fait, elle est au plus mal. Dans quelques jours, on clouera son cercueil. Vous êtes sa dernière chance.

Si vous n'aviez pas été entêté à ce point, nous aurions pu éviter une si pénible épreuve à cette charmante jeune fille. Pensez, cette longue souffrance, ce voyage interminable pour venir vous trouver... Il n'existe qu'un remède et un seul pour la guérir. Et ce remède se trouve à Carvanon. Si vous n'y êtes pas au crépuscule, le point de non-retour sera franchi.

Je vous sais intelligent. Vous aurez compris que je n'ai rien à perdre désormais. Soyez au manoir avant le coucher du soleil.

Baron Murdink

Erwan froissa la missive avec rage. Maureen le fixait sans comprendre.

– Je dois partir sur-le-champ.

– Enfin, que voulez-vous dire ? s'écria O'Reilly. Allez-vous la laisser dans cet état, sans rien tenter ?

– Il ne s'agit pas d'un mal ordinaire. Quelqu'un lui a jeté un sort. Ce n'est pas Maureen qui est visée, mais moi. Ils l'ont utilisée pour m'atteindre.

– Qui donc, « ils » ?

– Ce serait bien trop long à vous expliquer.

Erwan secoua la tête.

– Quel idiot j'ai été. J'ai eu tort de lutter. Le chemin était déjà tracé. Je ne peux plus reculer.

– Vous ne pouvez pas nous abandonner…

– Je ne vous abandonne pas. Mais si vous désirez la sauver, faites-moi confiance.

Il posa une main sur les paupières de Maureen. Son souffle saccadé s'apaisa et elle sombra dans un profond sommeil.

– Je ne peux faire davantage pour elle. Quand elle s'éveillera, dites-lui de ne jamais chercher à me revoir, de m'oublier pour toujours. C'est le prix à payer pour sa guérison. À l'aube prochaine, tout sera joué.

Accablé, il se retira. Dans les tréfonds de son être, un grondement sourd monta…

LE MAÎTRE DE CARVANON

Quand Erwan quitta la grand-route, l'après-midi touchait à sa fin. Un pâle soleil filtrait à travers les sapins. Ici ou là, la première neige éclaboussait la roche grise. À mesure qu'il approchait du but, le paysage devenait plus étrange, plus hostile. Une brume immobile enlaçait les collines. La végétation jusqu'alors souriante disparaissait sous un lichen vénéneux. Les arbres tordaient leurs branches dénudées en une muette prière. Des massifs de ronces hérissaient les ravins. Aucun chant d'oiseau ne venait troubler le silence. Comme si la vie, sur ces hauteurs silencieuses, avait été chassée par quelque menace, par quelque terreur.

Le jeune voyageur fit halte sur un pont de pierre vétuste et regarda autour de lui. Il avait la certitude d'être sur la bonne route. Nul panneau ne lui avait indiqué le chemin. Nul voyageur de rencontre ne l'avait renseigné. Seul son instinct le poussait vers l'avant. Juché sur l'épaule de son maître, le Morglaf éternua bruyamment.

– Gentil maître quoi espérer trouver par ici ? Rien que saleté... Plutôt retourner Boston et trouver nouvelle pension ! Bonne bière à Boston.

Erwan le saisit par la peau du cou et le descendit à terre.

– Nous nous séparons ici, petit monstre. Je dois continuer seul.

La gargouille manqua s'étouffer.

– Quoi ? Gentil maître vouloir abandonner Morglaf seul dans pays hostile ? Pourquoi refuser emmener moi dans vieille baraque ? Vieille baraque toujours pleine grosses blattes ventrues.

– Trop dangereux. Repars. Trouve-toi un autre maître.

– Pas possible ! Pas possible ! Morglaf a juré ! Morglaf rester ton démon domestique !

– Sois raisonnable. Je ne veux pas que tu m'accompagnes. Retourne d'où tu viens. Il te sera facile de te glisser à bord d'un navire et d'aller où bon te semblera. Moi, je ne sais pas si je reviendrai. Okhr beons persi ! Je ne suis plus le sauvageon de Keirion, tu comprends ? Quelque chose m'attend là-bas. Et je ne veux risquer que ma propre vie.

Ému par son expression de tristesse, Erwan lui tapota gentiment le sommet du crâne. Puis, sans lui laisser le temps de protester plus avant, tourna les talons. Quand un peu plus tard, il osa jeter un coup d'œil en arrière, le Morglaf avait disparu. Un sentiment de remords lui serra le cœur.

– Bon vent, Démon Vénéré ! songea-t-il.

Le sentier s'amenuisa pour ne plus dessiner qu'une lèvre brune taillée à flanc de colline. La pente devint plus raide. Les cailloux roulèrent sous ses semelles. Appuyé sur sa canne, Erwan allongea le pas. Au détour d'un épaulement, il apparut soudain, austère et sombre, qui lançait ses murailles édentées à l'assaut du crépuscule.

Carvanon.

Carvanon tel que dans le Rêve, enraciné au rocher, bordé par un cloaque repoussant. Carvanon dans ses brumes, sous le ciel de plomb. La grille noire s'ouvrit sans un grincement devant lui et Erwan remonta lentement un chemin mal entretenu, parsemé de feuilles mortes. À l'ombre d'un sapin solitaire, il aperçut une tombe que touchaient les rayons du couchant. Le jeune homme s'arrêta, le cœur serré. Sur la dalle ainsi embrasée jaillissait cette inscription en lettres de feu :

ICI REPOSE AVENA KORVANDER,
QUI VÉCUT

Erwan dansa d'un pied sur l'autre, partagé entre le désir d'approcher et une répulsion diffuse. La femme qui reposait là avait été sa mère. Mais il n'éprouvait rien pour elle, sinon du dégoût. Et de la haine.

– Mère, qu'as-tu fait de moi ? murmura-t-il. Sais-tu seulement le monstre que je suis ?

L'air vibra d'une myriade de battements feutrés. Erwan leva les yeux. Un tourbillon noir et bruissant venait de s'engouffrer par une brèche entre les nuages. Par centaines, les corbeaux obscurcissaient le ciel rougeoyant. Erwan brandit sa canne.

– Ordeth grteh manl !

À cet ordre, la nuée l'encercla aussitôt. Erwan respira la poussière duveteuse comme un parfum oublié. Il y puisa une force nouvelle. D'un pas plus assuré, il marcha jusqu'au perron. Mue par une force invisible, la lourde porte s'entrebâilla avec un grincement sourd. Erwan entra dans un vaste hall soutenu par des pilastres de grès. Un signe et… les candélabres s'enflammèrent, projetant son ombre démesurée sur les murs tendus de velours. Il s'attendait à découvrir un champ de gravats, un repaire infesté de rats et d'araignées. Or tout était intact. Aucune trace de saleté ni même une poussière, comme si une main méticuleuse avait veillé à l'entretien des lieux.

Erwan éprouva l'étrange impression de se sentir chez lui. Il lui semblait connaître chaque pièce, chaque corridor, chaque recoin de l'immense demeure. Son être emplissait le manoir tout entier. Il était ici et là-haut, au sommet de la tour, ici et en bas, dans les souterrains. Tout lui appartenait. Il était le maître. Et le son de cette valse qui montait du plus profond… Cette fois, il saurait.

Il s'empara d'un chandelier et explora l'escalier conduisant aux étages. À mi-chemin, il se figea. Dans la clarté trouble des bougies avait émergé une silhouette de femme, frêle et diaphane, vêtue d'une robe blanche. Elle était d'une grande beauté. Ses cheveux de jais léchaient ses épaules. Elle inclinait la tête dans sa direction et son regard narquois, son sourire ambigu, semblaient lui souhaiter la bienvenue.

Ce n'était qu'un tableau en pied. Le jeune homme aurait souri de son effroi si une voix ne s'était élevée dans le silence.

– Elle était belle, n'est-ce pas ? Avena Korvander, la belle Avena, votre mère…

Erwan se tourna lentement. Au bas des marches, le baron Murdink s'était matérialisé. Il fit mine d'admirer la toile.

– Je l'ai beaucoup aimée. J'aurais pu être votre père, savez-vous ?

Erwan le dévisagea :

– L'êtes-vous ?

– Non. Non, répondit-il d'une voix où malgré lui perça un regret. Elle ne m'était pas destinée. Le Maître la voulait pour lui seul.

Il se ressaisit aussitôt et s'inclina, sardonique comme à son habitude.

– Bienvenue, Erwan. Voici bien longtemps que j'attendais ce moment. Vous ne pouvez imaginer combien je suis heureux que vous ayez trouvé le chemin qui conduit à Carvanon. Auprès des vôtres… de ceux qui vous aiment et vous attendent.

– Rien n'est fait, Baron. Vous savez pourquoi je suis ici.

– Oh oui. Bien sûr… Maureen O'Reilly. Je suis navré d'avoir dû recourir à un tel procédé. Mais vous vous montriez tellement entêté, et tout cela parce que sans doute, Théophylus vous avait prévenu contre ce lieu. Vous lui êtes resté fidèle, malgré tout ce que j'ai pu vous apprendre sur son compte.

– Des mensonges. Vous m'avez manipulé depuis le début. Je suis venu. Montrez-moi le remède qui sauvera Maureen.

– Il va sans dire. Cette jeune fille n'est rien pour nous. La fête a déjà commencé mais qu'importe ? Du moment que vous êtes là et bien là. Le Maître vous attend.

– Est-ce que vous parlez de mon père ? Quel est son vrai nom ?

Murdink exhuma sa montre et la caressa pensivement.

– Le Maître, on ne peut l'appeler qu'ainsi. Son vrai nom, nul ne le connaît. C'est un mystère sacré, terrible. Connaître son nom, démasquer sa véritable identité serait annihiler son pouvoir. J'envie celui qui y parviendrait. Car il dominerait une puissance… une puissance infinie ! Ce nom, Avena le connaissait, sans doute. Il le lui a dit. Car tel était le pacte. Mais il a fait en sorte qu'elle ne puisse l'utiliser. Oui, même elle, il l'a dupée. La nuit où il l'a prise pour femme, il lui a fait perdre la raison. Elle a emporté le secret dans la tombe.

– Qu'est-il ? Un démon ?

– Pfff... Démon ? Quel terme ridicule et vulgaire. Mais s'il vous convient. Admettons. C'en est un. Et bien autre chose aussi. Il est la puissance, l'énergie élémentaire qui peut revêtir mille formes. C'est un prince là où il vit... dans l'Outre-Monde, dans le royaume de ses semblables ! Je le sers depuis longtemps. Il a été mon initiateur. En retour, il m'a demandé de partir à votre recherche et de vous ramener. Aujourd'hui, je me suis montré à la hauteur de ma tâche. Vous êtes ici.

Le baron précéda Erwan.

– Je vous en prie, suivez-moi !

Ils longèrent un interminable corridor plongé dans une pénombre glauque. Sur leur passage s'entrebâillaient d'antiques portes. À l'intérieur de ces chambres secrètes s'entassaient des trésors sans nom, des objets d'art d'un prix inouï. Erwan ne leur adressa qu'un regard indifférent.

– Tout cela vous appartient, répétait Murdink. Le domaine, les terres environnantes. Tout a été préservé à votre intention. Et quand vous vous serez assis sur le trône, votre influence s'étendra plus loin encore que vous ne pouvez l'imaginer.

Pressant le pas, le baron l'entraînait par de mystérieux passages, franchissait de lourdes tentures rouge sang. À présent, la musique était toute proche. Quelque part derrière l'épaisseur de ces murs de pierre.

Erwan crut déceler des rires, des tintements de verre, des bruits de fête. Son Rêve, encore…

Un étroit colimaçon de pierre s'ouvrit sous leurs pieds, qui semblait vriller les fondations mêmes du manoir. Murdink s'inclina.

– En bas. Une dernière porte et ils vous verront enfin.

– Je n'irai nulle part avant d'être certain que le maléfice est rompu. Que Maureen guérira.

Murdink hocha la tête avec impatience :

– Soit ! Entendu ! Prenez !

Il tendit une enveloppe de parchemin cachetée à la cire rouge, toute semblable à l'autre.

– Ouvrez-la et détruisez ce qu'elle contient. Ainsi votre jeune amie sera sauve. Je vous dis la vérité.

Erwan hésita. Il avait par trop expérimenté la duplicité du baron. Mais avait-il le choix ? Il brisa sèchement le sceau. Du pli s'échappa une mèche de cheveux d'une blondeur de miel que le jeune homme aurait identifiée entre mille. Il égrena un par un ces fils de lin dans la flamme du chandelier et contempla les fines cendres se disperser dans l'air. Il sut que le maléfice était brisé. Il le sut dans son sang, dans sa chair… Bientôt Maureen irait mieux. Elle pourrait s'en retourner en Irlande, et l'oublier. En ignorant tout du prix payé. Cette pensée lui fit mal.

– Je suis prêt à vous suivre, dit-il.

Le baron passa le premier. Erwan sentit son cœur battre plus vite. Il gardait en mémoire le récit de Mère Engadine.

Il lui sembla que les murs résonnaient encore des cris d'enfants qu'on avait emmenés là et des horreurs qui s'y étaient perpétrées. Pourtant, quelque chose de plus fort que la peur le poussa en avant, une fascination trouble, malsaine, qu'il ne pouvait maîtriser.

– Hésiteriez-vous ? lui glissa Murdink à l'oreille.

– Vous-même, qu'allez-vous gagner ?

– Moi ? Ma liberté. Le Maître me relâchera. J'aurai réglé ma dette une fois pour toutes.

Il tira sa montre avec une grimace, en caressa le boîtier. Erwan comprit.

– Ton destin doit s'accomplir, Korvander.

Erwan prit une profonde inspiration. Devant lui, une porte voûtée, surchargée de hideuses ferronneries, s'ouvrit toute grande, libérant une clarté blanche, irréelle. Il s'arrêta sur le seuil. Festonnée de bougies, la crypte ressemblait à une salle de bal. Au milieu des sépulcres, au son de la valse inlassablement répétée tournoyaient des couples en perruques et habits de dentelle. D'autres convives devisaient avec nonchalance, un verre à la main.

À son apparition, tous tournèrent la tête dans sa direction et une haie d'honneur se forma spontanément. D'un pas solennel, Erwan s'avança. Sur son passage, les inconnus portaient des toasts et le félicitaient. Les dames aux atours extravagants s'agenouillaient pour baiser son manteau. Des compliments fusaient :

– Le voici de retour !

– C'est lui, c'est l'Héritier du Trône.
– Regardez ! Comme il est beau.
– Comme il a l'air d'un prince !
– Il fera la gloire des Compagnons du Trône.
– Bienvenue, Prince de Carvanon.

Le Trône enfin se matérialisa devant lui, gigantesque, sculpté dans un magma noir et bouillonnant. Ses puissants accoudoirs pendaient jusqu'à terre tels des bras démesurés. Le haut dossier atteignait presque la voûte, surchargé de figures d'épouvante aux yeux exorbités, aux bouches hurlantes. On aurait dit qu'une vie immonde l'animait tout entier. Un halètement profond et nauséeux soulevait de temps à autre cette répugnante structure.

Sentant tous les regards posés sur lui, attentifs au moindre de ses gestes, Erwan surmonta son dégoût et gravit les quelques marches qui menaient au siège du pouvoir. Avec précaution, il prit place et, parcourant l'assistance du regard, posa son menton sur le pommeau de sa canne. Un frémissement parcourut la matière déliquescente qui en un clin d'œil se mua en or, un or rare, serti de perles et d'émeraudes. Une chaleur inhabituelle envahit Erwan, lui qui avait toujours eu si froid. Il vacilla, comme ivre. L'assemblée scanda son nom à mi-voix, en une mélopée sourde et fervente. Au même instant, les lumières faiblirent. Le halètement se fit plus pressant. Instinctivement, tous reculèrent dans le fond, à l'exception de Murdink qui s'agenouilla.

Erwan frémit. Le moment de vérité approchait. Devant lui, le sol se fendit avec un craquement caverneux. De la fissure jaillirent des vapeurs méphitiques. Le jeune homme ne put s'empêcher d'esquisser un mouvement de recul. Quelque part en dessous, il décela un grondement sourd, pachydermique. Saisi d'effroi, il libéra son regard, ce regard qui savait s'étendre au loin, plus perçant que celui de ses yeux, et qui défiait la nuit. Il sut que la Présence dépliait lentement ses anneaux dans le secret des profondeurs et montait jusqu'à lui. Malgré la peur, il s'efforça de garder contenance.

Devant lui, une forme confuse se matérialisa, dégageant un tel courant d'énergie que toute chose autour parut comme aspirée, vidée de sa substance. Erwan se tétanisa. Jamais il n'aurait imaginé qu'une telle abomination pût exister... Une lumière aveuglante embrasa la crypte et l'entité se pencha vers lui. Une voix sourde, aux consonances étranges, se fit entendre :

– N'aie aucune crainte, mon fils. Je ne te veux pas de mal. Sois ici... chez toi.

Erwan tremblait de tous ses membres. Ces accents sépulcraux éveillaient un écho douloureux tout au fond de lui-même. L'Être innommable grandit encore, ses contours se précisèrent, pas assez toutefois pour laisser deviner sa véritable nature. Mais Erwan distingua sans mal les deux ailes ténébreuses repliées dans son dos, les membres longs et griffus, et un faciès sculpté dans un bronze sombre où luisaient deux fentes rouges. Il avait peine à respirer. Pourtant, en cet instant d'extrême terreur, il trouva la force de répondre :

– Je ne suis pas… votre fils.

La créature partit d'un rire rauque.

– Erwan. Ou préfères-tu que je murmure l'un des mille noms qui te désignent dans l'Abîme ?

Et Erwan entendit chacun de ces mille noms en un éclair. Ils passèrent, incendiant son cerveau, et s'en retournèrent au néant.

– Maintes autres choses tu dois apprendre, mon fils. Car en toi s'agite la vie de l'Abîme.

– Je nie l'Abîme et tout ce qu'il contient.

– Tu nies ? Voilà un excellent début. Nier représente l'essence des êtres tels que nous. Nier, nier toujours, oui, telle doit être notre tâche majeure.

– Allez-vous-en. Vous n'êtes pas mon père.

– Combien tu te trompes. Mais tu ignores tout de la vraie puissance, du pouvoir de concevoir et de détruire à l'envi. Ne sens-tu pas l'énergie du Trône pénétrer en toi ?

Instantanément, le trône reprit son aspect primitif et putride. Un serpent s'enroula autour du poignet d'Erwan, qu'il chassa d'un mot.

– S'il est vrai que je suis le maître ici, alors quittez cet endroit et n'y revenez jamais.

La Bête fit entendre une sorte de ronflement.

– Je pourrais t'écraser comme une mouche. Ou t'emporter avec moi.

– Peut-être le pourriez-vous. Peut-être pas. Votre sang coule en moi. Je serais un adversaire difficile...

L'Être glousse :

– Ouiii... Tu fais bon usage de tes jeunes pouvoirs. Mais Théophylus a perverti ton esprit. Il t'a fait croire que tu pourrais te racheter en les exerçant de noble manière. Quelle aberration. Rends-toi à l'évidence. Tu es celui que ces gens attendent. Tu seras leur guide. Leur flambeau. Telle est la tâche que je t'ai assignée. Dans ce pays neuf, quelqu'un de ta sorte devra se dresser. Pour mieux les conduire à moi.

– Jamais ! s'écria Erwan.

La créature parut se ramasser sur elle-même, prête à bondir. Un tremblement prolongé ébranla la salle. Un courant d'air glacial souffla les bougies. Devant la tournure que prenait l'entrevue, les Compagnons du Trône commencèrent à refluer vers la sortie en grand désordre. La crypte reprit son apparence lugubre. Une horde d'ombres longilignes s'échappa de la faille et tournoya dans les airs. La Bête se tourna vers le baron, toujours agenouillé à la même place.

– Baron, l'enfant n'est pas prêt. Il n'est pas prêt ! Vous m'avez menti.

Murdink baissa la tête.

– Maître, je...

– Tu paieras cela. Quant à toi, enfant, il est temps d'apprendre à me connaître. Crois-tu que tes maigres pouvoirs pourraient me contraindre, moi ? Crois-tu que je t'aie fait mander pour te voir m'insulter ici, dans ma demeure ? Tu dois te soumettre.

Déployant ses ailes puissantes, la forme ténébreuse s'éleva, projetant son souffle fétide. Transi, Erwan mit un bras devant son visage. Il sentait confusément qu'il devait faire face à cette menace effroyable. Fragile silhouette avalée par l'ombre de l'Indicible, il se dressa. Plus rien au monde n'existait. Plus rien hormis cette nuit cauchemardesque qui l'enveloppait où seuls luisaient ces yeux, fentes de lave débordant de rage. Il était comme au bord d'un gouffre, prêt à tomber. Mais il lutta.

Dans un éclair de lucidité, il tira sa canne-épée et la plongea en pleine poitrine du monstre. Celui-ci hoqueta, considéra le fluide qui s'échappait de sa blessure sans comprendre. Un tremblement insolite l'agita tout entier. Il vacilla, se recroquevilla. L'espace d'un instant, il s'affubla d'un visage étrange qui ressemblait à celui d'Erwan…

– Je ne pensais pas que tu oserais retourner contre moi l'arme dont je t'avais fait présent.

– Tu le savais depuis le commencement, depuis la nuit où tu as pris ma mère pour épouse. Je ne serai jamais tien. Je ne suis pas ta créature, Père.

– Je pourrais te déchirer en lambeaux, faire de toi une chose vile et abjecte, rampant dans les souterrains et se nourrissant de larves…

– Mais tu ne le feras pas. En me frappant, c'est toi que tu frapperais.

La créature émit un sifflement de dépit.

– À compter de ce moment, je nie t'avoir conçu. Je nie nos liens. Je nie nos pactes. Je te dénonce comme mon ennemi et celui des miens. Je l'inscrirai sur le *Livre de Flammes* et toutes les coutumes s'éteindront entre nous. Prépare-toi à mourir, Erwan Korvander.

Il éleva une lourde main, prêt à écraser le rebelle comme un insecte. Soudain, une silhouette familière bondit, une boule d'écailles et de poils confondus, surmontée d'une tête de grenouille. Elle atterrit sur l'épaule de l'Être qu'elle mordit à pleines dents. Celui-ci poussa une clameur et s'ébroua, cherchant à décrocher l'importun. Mais le Morglaf refusait de lâcher prise, ses crocs enfoncés dans la chair noire. Une aile vint brutalement le gifler et le projeta dans les airs. Erwan le rattrapa au vol et le jucha sur son épaule. Groggy, l'animal tituba un instant puis, s'ébrouant, prit une posture de défi.

– Toi avoir eu tort mépriser Morglaf.

Et il se mit à clamer d'une voix aiguë :

– Noema Prtuhig Jiof lig nbferd !

Un sifflement strident vrilla les airs. Aussitôt, l'Être se liquéfia et sa substance fut comme aspirée par le vide. La faille se referma sur lui et s'effaça comme si elle n'avait jamais existé. L'écho d'un hurlement résonna quelque part.

Un dernier coup de tonnerre, lointain, et la crypte retourna au silence. Erwan resta un instant hébété. Puis il considéra le Morglaf d'un air incrédule.

– Qu'as-tu fait ?

– Avoir prononcé nom secret. Lui plus jamais nuire.

– Son nom ? Comment pouvais-tu connaître son nom ? Je croyais que nul ne pouvait le savoir !

– Sauf habitant Outre-Monde bien renseigné. Toi n'avoir jamais cru moi vrai démon ? Morglaf pas pouvoir lever le vent et la tempête. Mais Morglaf appartenir Outre-Monde. Morglaf connaître noms des entités. Comme encyclopédie. Voilà pouvoir Morglaf !

Il ébaucha un rictus et tourna de l'œil. Erwan le déposa sur les marches. Il avait l'air mal en point. Du sang s'écoulait de sa gueule entrouverte. Il était plus sérieusement blessé qu'il n'y paraissait. Déjà, des frissons de sinistre augure le parcouraient. Promptement, Erwan imposa ses mains au-dessus de sa tête et se concentra.

– Je ne te laisserai pas mourir, ça non.

– Jeune maître pas se fatiguer. Morglaf tout froid. Comme glaçon.

– Je hais la mort. Plus jamais elle ne frappera ceux que j'aime. Je te dois bien ça !

– Choc retour difficile à digérer, murmura l'animal. Prochaine fois, Morglaf en rester aux cafards...

Au bout d'un instant, pourtant, la chaleur revint dans ses membres. Le pouvoir d'Erwan faisait son œuvre. Le Morglaf cligna des yeux, stupéfait.

– Toi vraiment docteur ?

– Pensais-tu que j'étais un charlatan ?

– Beaucoup mieux. Presque faim.

– Pas le moment. Mon père... Est-il mort ?

– Non. Pire. Devoir errer là-bas, déchu. Sans pouvoir ni matière... Maître, attention !

Erwan n'eut que le temps de faire volte-face. Livide, méconnaissable, le baron Murdink s'était glissé derrière lui. Il avait tiré son épée.

– Qu'as-tu fait ? Qu'as-tu fait du Maître ? Il m'a oublié ! Il n'a pas défait le lien. Il ne m'a pas donné la récompense ! Je devais être libre ! Puissant ! Et par ta faute...

La lame siffla et se ficha dans l'accoudoir du Trône. Erwan ne s'effaça que de justesse. D'un bond il fut sur ses pieds et à son tour se mit en garde. Murdink se rua sur lui, les yeux pleins de démence, cisaillant l'air avec rage.

Débordé, Erwan recula, glissa sur les marches. La pointe noire du baron s'enfonça dans son bras. Il éprouva une morsure glaciale, émit un feulement de douleur. Comme son adversaire revenait à la charge, il roula sur lui-même. Le sorcier fouettait en tous sens de sa lame. Erwan n'avait pas sa science du maniement pourtant son bras se mit à parer sans défaut, comme si une vie propre habitait l'épée.

Il se laissa guider par son instinct, au point non seulement de contrer, mais de riposter par des fentes habiles. Il ferrailla et, pour la première fois, contraignit Murdink à rompre.

Erwan ne lui laissa pas le temps de souffler. Le poursuivant, il attaqua en tierce puis en sixte. Sa lame passa sous l'aisselle du baron et y laissa imprimée une marque sanglante. Murdink reflua vers la sortie. Erwan se lança sur ses talons. Les duellistes échangèrent quelques passes dans le hall. Mais décidément débordé, le baron préféra élire un nouveau terrain. Il s'élança vers le sommet de la tour.

Erwan le rejoignit sur les créneaux balayés par le vent et la pluie. Les épées s'entrechoquèrent férocement, dans un jaillissement d'étincelles. Les deux ennemis tournoyaient sur eux-mêmes, feintaient, cherchant la faille décisive. Fort de son expérience, Murdink parvint à se glisser une nouvelle fois sous la garde du jeune homme. Il lui fit sauter l'épée des mains et lui infligea une cruelle estafilade au cou.

Erwan gémit. Il ne dut qu'à sa rapidité d'échapper au coup de grâce, qui ne fit qu'entailler la pierre.

– Eh bien, bâtard ! Serais-tu donc le seul que tu ne puisses guérir ? En garde. Il t'a abandonné, toi aussi. Tu n'as plus aucune chance. Tu as tout perdu !

Erwan secoua la tête.

– Vous commettez une grave erreur en me défiant au siège même de mon pouvoir, Baron. Ne savez-vous donc pas qui je suis, désormais ?

Murdink esquissa un rictus moqueur.

– Est-ce toi qui me menaces ? Tu as perdu, Erwan.

Il leva son épée. Soudain, l'air s'emplit d'un croassement strident. Déchirant la nuée, un corbeau s'abattit sur Murdink, puis deux, puis dix. Ils le drapèrent dans un manteau d'ailes bruissantes, étouffant ses hurlements. Son épée lui échappa.

– Assez ! ordonna Erwan.

Aussitôt les oiseaux s'égaillèrent. Hagard, blessé, Murdink chercha le jeune homme des yeux. Il poussa un cri. Erwan se tenait au-dessus de lui, immense, surnaturel, suspendu entre ciel et terre. Le baron laissa échapper un couinement étrange.

– Moi, je vous libère, Baron. À tout jamais.

D'un coup sec, le jeune homme saisit la montre et tira de toutes ses forces, arrachant la chaînette.

Le baron ouvrit les yeux tout grands, compressant son ventre de ses deux mains. Puis, sans un mot, il s'effondra sur le rempart. De la pointe de sa botte, Erwan le fit basculer dans le vide. Il observa le corps qui disparaissait dans le fossé rocheux et, d'un geste, chassa le nuage des corbeaux. Seul leur chef resta. Le jeune homme le caressa, mélancolique.

– Baron pourrir sale carcasse !

Le Morglaf l'avait rejoint sur le chemin de ronde, trottinant d'une démarche mal assurée. De toute évidence, l'intervention d'Erwan l'avait remis sur pied. Il se jucha sur l'épaule de son jeune maître, dans sa position favorite.

– Quoi faire à présent ?

Erwan huma l'air.

– Ici je reste. Ici je veille. Est-ce que je ne suis pas le seigneur de Carvanon, à présent ?

Comme il prononçait ces paroles, l'aube émergea derrière les arbres putréfiés, perçant les vapeurs délétères d'un rayon couleur de miel. Et Erwan sut que le Rêve l'avait quitté pour toujours.

cascade 11-13

L'ACROBATE DE MINOS
L.N. Lavolle.

ADIEU BENJAMIN
Chantal Cahour.

AMIES ENVERS ET CONTRE TOUS
Ségolène Valente.

AMIES SANS FRONTIERES
Hélène Montardre.

LA BALLADE DE JOHN HENRY
Gérard Herzhaft.

LE BALLON D'OR
Yves Pinguilly.

C'EST PAS COMPLIQUÉ L'AMOUR !
Sylvaine Jaoui.

UN CHEVAL POUR DEUX
Nadine Walter.

CLARA ET L'ANGE TATOUÉ
Catherine Porte.

UN CŒUR AU CREUX DE LA VAGUE
Hortense Cortex.

COUP DE FOUDRE
Nicole Schneegans.

LA COUR AUX ÉTOILES
Évelyne Brisou-Pellen.

LE DERNIER DES MAURES
Jacques Asklund.

LES DIABLES DE SÉVILLE
Roger Judenne.

LE DUEL DES SORCIERS
Jean Molla.

DU RESPECT POUR LE PROF !
Roselyne Bertin.

EMBRASSE-MOI... AVANT LA FIN DU MONDE
Isabelle Chaillou.

L'ENFANT INTERDIT
Margaret Peterson Haddix.

ERWAN LE MAUDIT
Michel Honaker.

EN SCÈNE LES 5e
Pascale Perrier.

L'ÉTÉ JONATHAN
Marie Dufeutrel.

UNE FILLE DE RÊVES
Éric Sanvoisin.

LE FILS DE L'OCÉAN
Béatrice Hammer.

LE FILS DU HÉROS
François Charles.

LA GRIFFE DES SORCIERS
Évelyne Brisou-Pellen.

LES HÉRITIERS DE MANTEFAULE
Camille Brissot.

Cascade 11-13

JULIETTE CHERCHE ROMÉO
Paul Thiès.

LE MAÎTRE DE LA SEPTIÈME PORTE
Évelyne Brisou-Pellen.

MON JOURNAL DE GUERRE
Yvon Mauffret.

MON PREMIER CHAGRIN D'AMOUR
Sylvaine Jaoui

LE MYSTÈRE DE LA NUIT DES PIERRES
Évelyne Brisou-Pellen.

LA NUIT DU SORTILÈGE
Hélène Montardre.

L'OURS SORT SES GRIFFES
Jean Alessandrini.

PABLO À LA VIE À LA MORT
Yves-Marie Clément.

UN PONEY BLANC NEIGE
Anne Eliot Crompton.

LE PRINCE D'ÉBÈNE
Michel Honaker.

LE PRINCE ESCLAVE
Olaudah Equiano
Adapté par Ann Cameron.

PRISONNIÈRE DES MONGOLS
Évelyne Brisou-Pellen.

RENDEZ-VOUS AU COLLÈGE
Stéphane Méliade.

ROLLERS DE CHOC
Stéphane Daniel.

LE SECRET DES SEPT CHEVAUCHEURS
Michel Honaker.

UNE SIXIÈME EN ACCORDÉON
Jean-Paul Nozière.

TEMPÊTE SUR L'ERIKA
Roselyne Bertin.

LE TRÉSOR DE L'ALCHIMISTE
Roger Judenne.

UN TRÉSOR DANS L'ORDINATEUR
Jacques Asklund.

L'AUTEUR

Michel Honaker est né en 1958 à Mont-de-Marsan dans les Landes. Très tôt, il consacre beaucoup d'efforts à détourner ses cahiers de classe du droit chemin en les truffant de textes ayant peu de rapports avec les équations ou la trigonométrie, auxquelles il vouera toujours une farouche aversion.
Avec un stylo oublié par un oncle vampire, il se lance dans le fantastique sulfureux et écrit une soixantaine d'ouvrages consacrés au genre par des voies aussi détournées que le thriller ou la SF. À l'heure actuelle ce dangereux maniaque d'opéra et de musique classique est activement recherché pour détournement de lecteurs sages.

L'ILLUSTRATEUR

Erwann Surcouf est né en 1976 à Laval en Mayenne. Tout petit déjà il dessine des histoires sur les murs du salon, ce qui désespère ses parents... De 1995 à 2000 il étudie aux Arts Décos de Strasbourg, puis vient à Paris pour apprendre l'animation en 3D à l'école des Gobelins. Depuis il est illustrateur indépendant pour l'édition et la presse, et réalise sa première bande dessinée en 2006.
Outre le dessin, il aime le cinéma, les jeux... et manger avec les doigts.

Aubin Imprimeur
LIGUGÉ, POITIERS

Achevé d'imprimer en France en janvier 2006
N° d'édition 4313 / N° d'impression P 69590
Dépôt légal mars 2006

Aubin Imprimeur
LIGUGÉ, POITIERS

Achevé d'imprimer en France en janvier 2006
N° d'édition 4313 / N° d'impression P 69590
Dépôt légal mars 2006